I0535014

UNE ORCHIDÉE
DANS LE JARDIN D'HIVER

par

Marcel Viau

2019

Dépôt légal 2019
Bibliothèque et archives nationales du Québec
Bibliothèque et archives Canada

@ 2019 Marcel Viau. Tous droits réservés
ISBN 978-2-9815701-7-8 (papier)

Pour joindre l'auteur : marcelviau.net.

CHAPITRE 1 : Dans la petite bicoque

— Pauvre Peter ! Il paraît qu'en tombant, il avait l'air de voler comme un grand oiseau.

Un oiseau ? Il y avait beaucoup d'oiseaux dans le grand jardin. Ici, on n'en voit presque pas, sauf des sales et des tout bruns. Ils piaillent et piaillent à s'en boucher les oreilles. C'est vrai qu'il n'y a pas d'arbres pour eux. Seulement des poteaux de bois et des fils électriques. Puis, pas de beaux gazons frais coupés comme dans le grand jardin. Seulement des trottoirs gris et de l'asphalte aussi sales que les oiseaux.

Dans le grand jardin, les oiseaux étaient de toutes les couleurs. Beaucoup de gris et de bruns, mais plus propres. C'était des petits oiseaux, pas des grands. Parfois, des tout jaunes volaient à toute vitesse en faisant de petits bruits. Il y avait aussi ceux avec des têtes de deux couleurs arrivés à la fin de l'hiver, quand la neige commençait à fondre. Ils faisaient leur nid en dessous de la corniche du manoir. Ils étaient bien cachés, ces nids. On savait où ils étaient seulement quand on entendait crier les bébés. Rose me disait que c'était leur façon de demander à leur maman de la nourriture. Heureusement, je ne fais pas comme eux. Maman n'aimerait vraiment pas ça.

On voyait aussi des plus gros, ceux avec la gorge rouge. Eux, ils me faisaient rire. Ils ressemblaient à ces grands messieurs tout fiers qui venaient parfois au manoir rencontrer mon papa : la tête haute, le corps droit, les jambes longues. Quand il leur arrivait de m'apercevoir, ils détournaient le regard, comme s'ils ne me voyaient pas. Oui, ces oiseaux à gorge rouge, ils me faisaient rire. En les voyant, je pensais aux messieurs tout fiers. Ils avaient beau prendre leurs grands airs, au fond ils mangeaient des vers et de la cochonnerie en fouillant dans le gazon. Moi, maman n'a jamais voulu que je mange des choses par terre. Elle disait que ce n'est pas propre.

Ceux que je préférais, c'était les oiseaux très colorés. Il m'est arrivé parfois d'en voir des tout bleus. Ils mangeaient des graines que Rose mettait dans une mangeoire pour eux. Ils étaient drôles aussi. Il fallait les voir se remplir le gosier en se chicanant pour avoir une place sur la petite mangeoire. Pourquoi se chicaner comme cela ? Pourtant, Rose revient toujours la remplir. Puis une autre fois, il en est venu un tout rouge. Il était beau celui-là. Il ne venait pas souvent. Il chantait bien. On ne pouvait pas le voir, trop bien caché sous les feuilles des arbres.

— Oui, Ida, c'est ce qu'ils ont dit : « Un grand oiseau noir ».

Des oiseaux noirs venaient aussi dans le grand jardin. Ils chantaient très mal ceux-là. Ils sautillaient sur le gazon près de moi. Je n'aimais pas tellement quand ils s'arrêtaient et me regardaient. Ça me gênait. On aurait dit que leurs grands yeux noirs lisaient dans mes pensées. Ils sont très intelligents, ces oiseaux noirs. Je ne veux pas qu'on lise dans mes pensées. Je n'aime pas ça.

— « Un grand oiseau noir ». Qu'est-ce que c'est que cette niaiserie !

Pourquoi ma tante Jeanne dit à maman que Pete volait comme un grand oiseau ? Pourquoi dit-elle cela ? Ce n'est pas possible ça. Pete. Mon petit frère. Je l'aime tellement. Ce n'est pas un oiseau. Il ne peut pas voler. Je le sais, moi. Ce n'est pas possible, ça. À moins que.... À moins que.... qu'il soit tombé de très haut et qu'il se soit fait vraiment, vraiment mal.

Moi aussi je suis déjà tombée de très haut une fois. J'avais grimpé dans le gros arbre du grand jardin. Je n'avais pas le droit, je le savais. « Peggy, tu ne dois jamais monter dans le gros arbre. Tu risques de te faire très mal si tu tombes ». Mais un jour, Rose avait joué longtemps à cache-cache avec Pete et moi. Puis, elle avait dit qu'elle était fatiguée. Elle s'était assise sur le banc, avait pris un livre de contes et l'avait lu à Peter. Mon Pete aime beaucoup quand Rose lit des histoires. Moi, je n'aime pas cela. La plupart du temps, les histoires racontées dans ces contes me font peur. Elle m'avait dit de ne pas m'éloigner.

Je ne l'ai pas écoutée. J'ai commencé à grimper. C'était plus facile que je pensais. Je voyais la grande branche un peu plus haut. Je me suis dit que ce serait agréable de m'asseoir dessus et de regarder le manoir de là-haut. C'est ce que je me suis dit. J'ai grimpé jusqu'à la branche, puis je me suis assise dessus. C'est vrai que c'était beau de regarder le manoir. Elle était si grande, notre maison, tout en pierres.

C'est quand j'ai regardé le ciel que l'idée m'est venue de voler. Après tout, ça semblait si facile pour les oiseaux. J'avais toujours voulu faire comme les oiseaux. Je me disais qu'ils pouvaient voler tout près du Bon Dieu. C'est là qu'ils étaient quand on ne les voyait pas. Ils sont chanceux les oiseaux, parce qu'ils peuvent voir le Bon Dieu et son doux Jésus.

Je me suis mise debout. J'ai battu des ailes très fort, très vite, mais j'ai perdu l'équilibre et je suis tombée. Rendue par terre, j'ai eu très mal à la tête. Pete pleurait. Rose criait et hurlait. Mon papa est arrivé en courant. Il était très énervé après Rose. Il m'a pris dans ses bras. Il est très fort mon papa. En tout cas, il était très fort dans ce temps-là, mon petit papa. J'ai juste eu le temps de l'entendre me dire avant de perdre connaissance : « Peggy ! Oh ma Peggy ! Qu'est-ce que tu as fait ? Tu aurais pu mourir !»

Mourir. Je ne savais pas vraiment ce que ça voulait dire. Personne ne me l'avait jamais expliqué. C'est seulement quand j'ai vu grand-père couché dans une belle caisse en bois que j'ai compris. C'était une belle caisse, c'est vrai, avec de belles poignées en or. Ça avait l'air très lourd. En tout cas, quand je l'avais vu cette fois-là, j'avais demandé à maman pourquoi il était là. Du moins, j'avais essayé de lui demander. Il arrivait parfois qu'elle comprenne mes sons et mes signes.

Maman, c'est la seule personne qui est capable de comprendre parfois mes sons et mes signes, à part Rose bien sûr. Mais Rose, il y a trop longtemps que je l'ai vue. Elle n'est plus avec nous. Maman m'a expliqué qu'elle ne pouvait plus vivre avec nous comme lorsqu'on habitait le manoir. Il n'y a pas de place à coucher pour elle dans notre « petite bicoque », comme elle dit. Je l'aime beaucoup, Rose. C'est pourquoi j'ai été très triste lorsque Maman m'a dit cela. Très triste ! J'ai beaucoup pleuré lorsque maman m'a dit cela.

En tout cas, quand on était devant la caisse où grand-père était couché, maman m'a d'abord dit quelque chose que je n'ai pas compris tout de suite : «Il est parti voir le Bon Dieu». Je le trouvais chanceux de pouvoir voir le Bon Dieu. Moi, j'aimerais bien voir le Bon Dieu, mais je n'y arrive pas. Je ne sais même pas à quoi il ressemble. Rose m'a montré un jour une image du Bon Dieu. Il avait l'air d'un tout vieux avec une grande barbe blanche. Je pense que ce n'est pas vrai. Il ne doit pas ressembler à ça. C'est seulement un dessin.

Lorsque maman m'a dit que grand-père était parti voir le Bon Dieu, alors là, je devais avoir l'air vraiment intriguée. Elle a ajouté : « Grand-père ne reviendra plus, on ne le reverra plus ».

8

Voilà donc ce que cela voulait dire : mourir, c'est quand on ne voit plus la personne, qu'elle est partie pour toujours. Ça m'a fait de la peine. Je l'aimais bien, moi, grand-père. Il me donnait toujours des petits cadeaux. Donc, je ne le reverrai plus ?

Mais alors ! Alors ! Si Pete ne peut pas voler et qu'il est tombé de très haut, il est parti lui aussi voir le Bon Dieu. Alors ! Alors ! Je ne le reverrai plus, lui aussi. Plus jamais ! Non !

Je n'ai pas cru ma tante Jeanne quand j'ai entendu ça. Je ne l'ai pas crue. C'est une menteuse, ma tante Jeanne ! Ensuite, j'ai fait ce que je fais toujours quand je suis énervée : je me suis tapée sur la tête avec ma main. Tapée, Tapée, Tapée.

Alors, maman est venue et elle m'a prise dans ses bras et elle m'a bercée, comme elle le fait toujours, dans la grande chaise berçante. Autrefois, quand j'étais petite, c'était plus facile pour maman de me bercer, parce que mes pieds ne touchaient pas par terre. Mais maintenant que je suis grande, c'est plus difficile. Je suis trop grande, bien trop grande. Alors, je frappe des petits coups au sol avec les pieds, pour me donner de l'élan.

Maman a chanté ma chanson préférée :

Aux marches du palais
Aux marches du palais
Y'a une si tant belle fille, lonla
Y'a une si tant belle fille

Elle m'a bercée longtemps. Longtemps. Jusqu'à ce que je me calme.

Maman n'était pas contente, vraiment pas contente après tante Jeanne. Elle lui a parlé très fort.

— Jeanne, t'es folle de dire ça devant Peggy.

— Mais, je pensais qu'elle était au courant. Ça fait depuis combien de temps déjà ? Puis de toute façon, comment veux-tu qu'elle comprenne quelque chose à tout cela ?

— C'est vrai qu'elle ne comprend pas. Mais elle ressent les choses. Je ne sais pas comment te dire cela, mais elle ressent les choses. Alors je t'en prie, parle plus bas, Jeanne.

Maman trouvait que j'étais trop lourde, elle m'a fait relever et je me suis rassise toute seule sur la chaise berçante. C'est toujours la place où je m'assieds. Je fais semblant de m'amuser avec mes doigts, mais j'écoute tout ce qui se dit. Tout. Et je me souviens de tout aussi. Maman et Jeanne se sont mises à chuchoter, mais j'ai l'oreille fine.

— Elle n'avait pas besoin d'entendre tous ces ragots, ces racontars, ces mensonges. Tu n'avais pas à en parler devant elle.

— Mais les témoins… les policiers ont été clairs : des témoins ont vu Peter ouvrir la fenêtre, comme s'il voulait prendre l'air. Il a regardé le ciel, puis il s'est jeté en bas les bras étendus.

— … Tous des gens achetés par Kenny, mon salaud de beau-frère, pour dire ça…

— Pourquoi il aurait fait cela, Ida ?

— Parce que… parce que… Quand mon Bruce a fait entrer Peter dans la compagnie, Kenny n'était pas du tout content. Il n'avait pas le choix : mon Bruce avait plus que la moitié des parts. Mais il s'est tout de suite méfié de mon fils, ce salaud de Kenny. Il pensait que Peter était trop ambitieux. Il avait peur qu'il prenne sa place….

10

—…

—… Je trouve que ça adonné juste bien pour lui… le « suicide » de Peter.

— Qu'est-ce que tu veux dire ?

— Laisse faire. Je me comprends. Puis, on ne devrait pas parler de cela devant Peggy.

— Voyons, Ida. Elle a dû se demander pourquoi elle ne le voyait plus. Peter, elle l'aimait tellement, son petit frère adoré.

— C'est justement pour ça que je n'ai pas essayé de lui expliquer.

— Pauvre Peggy. Qu'est-ce que tu vas faire avec elle maintenant ?

— Ben voyons ! Qu'est-ce que tu veux que je fasse ? La mettre à l'assistance publique ?

— Tu ne peux quand même pas t'en occuper, Ida. Pas dans ta situation.

Bon, voilà que je recommence à m'énerver. Non ! Non ! Ne te tape pas la tête Peggy ! Ne te tape pas la tête ! Pete, mon petit Pete. Tu es encore près de moi, je le sais. Rose disait toujours que lorsque quelqu'un est parti très loin, comme toi, nous n'avons qu'à penser à lui et il est alors près de nous. « Il n'est pas là avec son corps, mais avec son âme ». C'est ce que Rose disait. Alors mon petit Pete, ton âme est ici, elle vole comme un oiseau autour de moi. Je le sens. J'essaie de le dire à maman que Pete est près de nous. Je fais des sons, mais il n'y a pas de mots qui sortent. Je

11

gesticule, mais ça ne veut rien dire. Ce sont des gestes qui ne veulent rien dire. J'essaie une dernière fois de parler, mais ça ne sert à rien. À rien !

Mon Pete, tu te souviens quand on s'amusait ensemble dans le grand jardin. T'étais si petit alors, tu marchais à peine. Moi, je me cachais de toi. Puis, tu me cherchais en criant mon nom : « Peggy, Peggy ». Puis, je sortais de derrière un gros arbre et je t'attrapais. Alors, tu riais, tu riais tellement. C'était comme une cascade, ton rire. Comme la cascade qu'on avait vue dans la forêt où maman et papa nous avaient emmenés un jour. On avait fait un pique-nique. Tu te souviens, mon Pete. Maman avait fait un sandwich aux œufs. J'aimais les sandwiches aux œufs. Elle m'a fait aussi des petits biscuits soda avec du beurre d'arachide dessus. J'aime bien ça, c'est comme du dessert. Il faisait très beau, le ciel était bleu, les feuilles étaient vertes.

Puis il y avait la cascade avec beaucoup de bruit, tellement qu'au début, je me suis bouché les oreilles. Quand j'ai été habituée, j'ai trouvé que le bruit ressemblait plus à de la musique, très forte, mais de la musique quand même. On était si heureux alors. Maman et papa se parlaient, assis tout proches l'un de l'autre. Il y avait de la lumière dans leurs yeux. Toi, bien tu t'amusais à faire courir tes petites jambes. Tu allais partout en gardant toujours un œil sur papa et maman. Tu ne voulais pas les perdre de vue. Moi, j'étais heureuse alors. J'étais heureuse.

— Déjà que j'ai dû placer mon Bruce… Ça m'a arraché le cœur. Non ! Non ! Peggy reste avec moi. C'est certain.

Maman appelle toujours mon petit papa comme ça. Bruce par ci, Bruce par là. Cela arrivait souvent qu'ils se chicanent pour un tout et pour un rien. Cela arrivait aussi souvent qu'ils s'embrassent longtemps. Mais ça, c'était avant. Maintenant, il n'est plus ici. Quand maman a dit que papa était « placé », je suis partie à rire.

Placé comment ? J'imaginais mon petit papa dans son fauteuil roulant, placer la tête à droite, placer la tête à gauche, placer son fauteuil ici ou là. Maman et ma tante Jeanne ne savaient pas pourquoi je riais.

En tout cas, ce que je sais, c'est qu'il n'est plus à la maison. Et je m'en ennuie de mon petit papa, même s'il ne me parlait plus, même si son visage était bien changé, avec un côté de la bouche qui tombait, même s'il ne souriait plus en me voyant. Je m'en ennuie de mon petit papa. J'ai arrêté de rire et je me suis mise à pleurer.

— Bon ! Voilà que tu la fais pleurer maintenant. T'aurais pas dû parler de Peter.

— Ben voyons, Ida. Tu sais bien qu'elle ne comprend pas ce qu'on dit.

— Parfois… Je me demande vraiment…

***

Il est bien dur, ce banc. Ce n'est pas facile de rester assise longtemps sur un banc comme cela. Ces lattes de bois sont très dures. Puis, il n'est pas beau, ce banc. Il est tout décoloré. Il aurait besoin d'un bon coup de pinceau. Il n'y a pas de coussins non plus. Heureusement que maman m'a dit qu'elle reviendrait bientôt.

— J'ai oublié quelque chose à la maison. Reste assise sur le banc et ne bouge pas. Maman revient tout de suite.

Ici, la rue ne ressemble pas du tout à celle qu'il y avait devant le manoir. Elle est beaucoup plus étroite. Il n'y a pas d'arbres. Seulement des poteaux de bois qui penchent, avec beaucoup,

beaucoup de fils attachés au sommet. C'est drôle, on dirait de grandes croix, comme celle à l'église, sauf qu'il n'y a pas de Jésus dessus.

Puis c'est tellement bruyant ! Parfois, les grosses voitures noires avancent à pas de tortue : elles s'arrêtent, repartent, s'arrêtent, repartent. Elles font du bruit derrière ; il y a aussi de la boucane. Elles sont bizarres, les automobiles. Elles ressemblent à de grosses boîtes avec des vitres. Les roues sont bien trop petites pour faire tenir la grosse boîte. En avant, il y a un très très grand nez et des ailes pour protéger les roues. Un jour, j'ai vu quelqu'un qui avait la tête dans le grand nez. Il avait relevé le couvercle et travaillait dedans en disant toutes sortes de mots que j'ai seulement entendus à l'église. Je suis partie à rire quand il s'est relevé. Il avait le visage tout sale. Mon Dieu, que j'ai ri !

Quand on habitait le manoir, on avait aussi une automobile. En fait, on en avait plusieurs. Elles étaient plus belles que celles-là. Il y avait de la couleur en dehors comme en dedans. Lorsqu'on entrait dans l'auto, ça sentait bon le cuir, c'était moelleux. Il y avait de belles moulures en bois. Maman et moi partions ensemble quelquefois. C'est Gaston qui conduisait. Il est gentil Gaston. Il me laissait jouer avec sa casquette. Je la mettais sur ma tête ; elle était bien trop grande et je riais. Nous prenions l'automobile pour aller au magasin quand elle voulait m'acheter de beaux vêtements. Aujourd'hui, elle ne le fait plus. Je porte toujours la même robe quand je sors. C'est la robe que ma tante m'a donnée. Maman l'a un peu arrangée pour moi avec sa machine à coudre.

Ici, sur la rue, il arrive que les automobiles vont plus vite. Maman dit que c'est dangereux d'aller dans la rue, parce que les conducteurs ne regardent pas toujours et ils peuvent me frapper. Je ne vais jamais dans la rue, sauf lorsque maman me tient la main.

Tiens ! le tramway qui arrive. J'aime bien les tramways. Ils ressemblent un peu aux éléphants que j'ai déjà vus dans des livres d'images. Même s'ils sont gros, je les trouve rassurants, les tramways, comme de bons gros géants. Ça fait quand même du bruit avec le frottement des roues de métal sur les rails. On entend aussi des bruits d'étincelles sur les fils au-dessus.

Le tramway s'est arrêté devant moi. Le conducteur devait penser que je l'attendais pour un trajet, parce qu'il a ouvert la porte. Il était grassouillet ce conducteur. Il avait une moustache et une casquette trop petite pour lui. Il attendait en me regardant. Moi, je lui ai souri comme je le fais toujours quand les gens me regardent. Puis, il m'a dit : « Alors, la petite dame, on monte ? » Je ne veux pas monter : j'attends maman. Alors, j'ai continué à lui faire mon plus beau sourire. Il m'a regardé de nouveau, a changé d'expression et m'a lancé : « Bon ! Une idiote. » Puis, il a refermé la porte brusquement avec sa grande poignée de métal. Il n'avait pas l'air content. Je me suis demandé pourquoi.

Voilà que maman est arrivée en courant. Elle s'est assise près de moi tout essoufflée, m'a embrassée sur le front et m'a dit :

— Allô mon bébé. Tu ne t'es pas trop ennuyée ? Quelle tête de linotte je suis ! J'avais oublié mes bons.

Elle m'a montré ces petits papiers qui semblent si importants pour elle. C'est vrai que monsieur Gingras à l'épicerie, il ne veut jamais rien lui donner si elle n'a pas ses petits papiers. Je vois bien que maman n'est pas très heureuse quand elle doit les lui remettre. Elle baisse la tête et regarde par terre. Elle doit se rappeler toute la nourriture qu'il y avait dans le garde-manger au manoir. Germaine n'avait qu'à piger dedans pour nous préparer de bons petits repas. Elle faisait bien à manger, Germaine. Elle n'aimait pas que j'aille la voir dans la cuisine. Elle me disait toujours : « Tu me déranges, Peggy, va jouer dans le jardin ». Parfois, elle venait voir maman pour lui dire qu'elle devait aller à l'épicerie. Maman lui remettait beaucoup de billets de banque. En ce temps-là, maman ne faisait jamais l'épicerie. Jamais ! C'était toujours Germaine.

Alors, nous sommes reparties ensemble, maman et moi, pour aller à l'épicerie. J'aime bien quand je peux sortir ainsi. J'aime bien regarder tout autour, les devantures des maisons, les trottoirs, la rue et ses automobiles. Les maisons ici sont toutes rapprochées, collées les unes aux autres. Maman a dit que ce sont des « boîtes à beurre ». Je n'ai jamais vu de boîtes à beurre, mais ce n'est sûrement pas très beau. Parce que les maisons ne sont pas très belles. Toutes de la même couleur, faites avec de vieilles briques rouges, des fenêtres avec des cadres de bois dépeints, toutes à deux étages. Parfois, même, on dirait qu'elles penchent un peu. Puis, contrairement au manoir où il y avait beaucoup d'espace en avant, ici les portes donnent directement sur la rue.

Nous sommes passées devant quelqu'un qui était assis sur le petit perron en face de sa porte. C'était un vieux monsieur. En tout cas, il avait l'air vieux. Il ressemblait un peu à un sorcier des livres d'images. Il m'a regardée par-dessus ses lunettes en grimaçant. On aurait dit qu'il souriait. Alors moi, je n'ai fait ni une ni deux et je lui ai souri à mon tour de mon plus beau sourire. Il m'a tendu une friandise qu'il a sortie d'un petit sac brun. « T'en veux, ma jolie ? ». Lorsque j'ai tendu la main, Maman m'a tout de suite arrêté et elle a dit :

— Peggy, qu'est-ce que je t'ai dit de ne pas parler aux inconnus ! Viens maintenant !

Le vieux monsieur n'avait pas l'air content. Il a dit.

—Eh bien, la belle grande fille est encore sous les jupes de sa maman ? Elle ne pourra jamais trouver de mari si tu la laisses pas en paix !

16

Maman est devenue toute rouge et s'est retournée avec des éclairs dans les yeux.

— Dis donc, le cave, t'es idiot ou quoi ? Tu ne vois donc pas qu'elle n'est pas normale. Souillon ! Retourne dans ton trou à rats, maudit robineux !

Je vous dis que le monsieur a changé d'air. Il s'est reculé dans la porte. Je crois même qu'il a eu peur. Parfois, maman se met très en colère et elle fait peur aux gens, même s'ils sont plus gros et plus grands qu'elle.

Ça me rappelle un jour. Elle était en train d'éplucher des patates dans la cuisine avec un petit couteau. Il y avait un grand garçon, plus grand qu'elle en tout cas. Il est passé devant notre porte qui donne sur la rue. La porte intérieure était ouverte parce qu'il faisait très chaud. Seulement la porte à moustiquaire était fermée. Il arrivait parfois que certains se mettent le nez dans la porte pour voir à l'intérieur. Mais cette fois-là, le grand garçon a craché à travers la moustiquaire, comme ça, sans raison. Alors maman n'a fait ni une ni deux, elle s'est élancée vers le garçon, a couru après lui sur le trottoir. Elle avait oublié qu'elle avait encore son petit couteau à la main. Le garçon criait à tue-tête.

— Au secours ! Elle est folle ! Elle veut me tuer !

Je ne sais pas ce qui s'est passé ensuite, mais quand maman est revenue, encore tout essoufflée, elle a dit :

— Le p'tit criss ! Il ne refera plus jamais ça.

Elle est forte, maman. Elle sait se défendre, ça, c'est certain. Elle me protège aussi. Beaucoup. Je l'aime très fort.

Enfin, nous sommes arrivées devant un grand bâtiment rouge. Il était grand, ce bâtiment, plus beau que les autres boîtes à savon. Il y avait de grandes fenêtres. Ce devait être très clair là-dedans. Beaucoup de monde attendaient sur le trottoir, en file indienne. Tous des messieurs, pas de dames. Ils étaient tranquilles et silencieux. Personne ne parlait à son voisin. Ils regardaient par terre et n'avaient pas l'air heureux. Pas du tout. Ils étaient quand même bien habillés. Plusieurs portaient des vestes et des cravates, des chapeaux ou des casquettes. Certains avaient descendu leur couvre-chef bien bas sur le visage pour ne pas qu'on voit leurs yeux. Ils attendaient d'entrer. J'ai fait des gestes à maman en lui montrant la file. Elle m'a comprise.

— Les messieurs, ils ne travaillent pas. Ils n'ont plus de sous. Ils viennent pour manger un peu de soupe et du pain. Il y en a qui vont rester à coucher ce soir, parce qu'ils n'ont plus de maison.

C'est triste ! Heureusement que nous, nous avons une maison. Elle est petite, pas très belle, elle est brisée par endroit, mais nous ne sommes pas obligées de coucher avec tout le monde, comme eux. C'est parce que maman, elle travaille, elle. D'accord, elle ne sort pas de la maison pour travailler. Mais elle travaille avec sa machine à coudre, toute la journée, elle est penchée dessus et elle coud. Clac ! Clac ! Clac ! On entend toujours ce bruit. Clac ! Clac ! Clac ! Parfois, maman est tellement fatiguée, mais elle continue quand même. Clac ! Clac ! Clac !

M. Goldstein, il vient une fois par semaine à la maison pour lui donner du travail et reprendre ce qu'elle a fait pendant la semaine. Il est drôle, M. Goldstein ! Il parle seulement l'anglais avec maman, mais il arrive qu'il me dise de belles choses en français, avec un accent très fort.

— Bonjjuuure Peggy ! Toujuuurs ôsssi jôliiie !

Dans le grand manoir, papa parlait toujours en anglais avec oncle Kenny. Il arrivait aussi qu'il parle anglais avec maman. Mais c'était rare. Cela arrivait quand ils ne voulaient pas que Pete ou les domestiques entendent ce qu'ils disaient. Moi, quand j'étais là, cela ne comptait pas ; ils parlaient toujours en français. De toute façon, maman ne tenait pas à parler anglais, même aux domestiques qui ne parlaient aussi que le français. Quand papa me parlait, il avait aussi un accent, mais pas aussi prononcé que celui de M. Goldstein. Avec moi, papa parlait toujours très doucement. Il y avait comme de la caresse dans ses mots. Il était calme et doux aussi avec maman. Quand ils se chicanaient, c'était surtout maman qui élevait la voix. Lui, il essayait toujours de faire baisser le ton. Mon pauvre papa. Maman m'a dit que nous irons le voir bientôt.

Ah ! Voilà le beau magasin. J'ai commencé à courir vers sa vitrine. J'adore lorsque je peux arrêter devant cette vitrine. Il y a des livres et des disques de toutes les couleurs et de toutes les grandeurs. Surtout, on a mis un haut-parleur dehors pour entendre la musique qui joue à l'intérieur. Je l'ai déjà entendue, cette chanson-là, dans la radio que ma tante Phonsine nous a donnée. J'écoute souvent la radio ; il y a de la belle musique. Cette chanson-là, je l'ai déjà entendue :

> *Mes amis je vous assure que le temps est bien dur*
> *Il faut pas s'décourager ça va bien vite commencer*
> *De l'ouvrage i'va en avoir pour tout le monde cet hiver*
> *Il faut bien donner le temps au nouveau gouvernement*
> *Ça va venir puis ça va venir mais décourageons-nous*
> *pas*
> *Moi, j'ai toujours le cœur gai et j'continue à turluter*

Il y a du rythme, c'est entraînant. Je me dandine devant la vitrine en suivant le rythme.

Ça va venir puis ça va venir mais décourageons-nous pas
Moi, j'ai toujours le cœur gai et j'continue à turluter

— Viens-t'en, Peggy. Il faut aller à l'épicerie. On est déjà en retard.

Nous sommes arrivées presque en courant à l'épicerie. Le magasin n'était pas très différent des autres boîtes à beurre, sauf qu'il y avait une grande vitrine pour voir à l'intérieur. Quand nous sommes entrées, une cloche a sonné : drelin ! drelin ! Toujours deux coups. Elle est installée au-dessus de la porte et elle sonne à chaque fois qu'on ouvre : drelin ! drelin ! J'ai ouvert et fermé la porte plusieurs fois pour faire sonner la cloche. C'était rigolo ! Mais maman m'a pris par la main et nous nous sommes mises en ligne derrière une grosse bonne femme. Elle s'est retournée pour parler à maman.

— Bonjour Mme McIntyre. Ça va bien ?

Elle m'a regardée avec un drôle d'air. Puis, elle m'a parlée avec une voix de bébé, comme si je comprenais mieux de cette façon. Pourtant, je comprends bien quand on me parle.

— Allô la belle fille ! Comment elle va aujourd'hui ?

Je lui ai fait un beau sourire, comme je le fais toujours. Elle s'est adressée de nouveau à maman.

— Avez-vous vu en passant comme il y a du monde au refuge Meurling ? Il y a de plus en plus de monde de jour en jour. Heureusement que mon mari travaille encore. Mais pour combien de temps ? Il n'y a plus de chantiers nulle part. Y va sûrement tomber en chômage bientôt. Je ne sais pas comment on va faire. Avec nos cinq enfants, c'est déjà pas facile.…

La grosse bonne femme n'arrêtait pas de parler. Et je parle et je parle. Maman, elle, elle l'écoutait sans rien dire.

— Ah oui ! Vous avez lu dans les journaux ?

— Quoi donc, Mme Blanchette ?

— Ben, ils annoncent la venue d'un très gros ballon.

Un ballon ? J'aime bien les ballons, surtout les rouges. Quand nous allions au parc Belmont, papa m'en achetait toujours un. Il me demandait lequel je voulais et je pointais toujours le rouge. Ce que j'aimais le plus, c'était manger de la barbe à papa. De la rose. J'aimais ça. Il y avait beaucoup de bruit au parc Belmont, les gens criaient parce qu'ils avaient peur dans les manèges. Moi, j'aimais bien les manèges, surtout ceux avec des chevaux. Mais je ne voulais pas aller dans les montagnes russes, ça me faisait trop peur. Pete lui, il n'avait jamais eu peur de rien. Il voulait toujours aller dans les manèges les plus épeurants. Pete, il n'avait pas peur.

— Ben oui ! Vous savez. Il s'appelle le R-100. Il va venir à l'aéroport de Saint-Hubert cet été. On va construire une tour exprès pour lui. Il paraît qu'il est immense. Nous, on va sûrement aller voir ça en famille. C'est à ne pas manquer, vous ne trouvez pas ?

— Oui… certainement…

C'était à notre tour. M. Gingras a demandé à maman.

— Comme d'habitude, Mme McIntyre ?

Maman lui a remis les bouts de papier. Elle a hésité un peu avant de lui demander.

— Pouvez m'ajouter une demi-douzaine d'œufs ?

M. Gingras l'a regardé avec un air triste en penchant un peu la tête.

— Vous savez bien que je ne peux pas. Vous ne m'avez pas encore payé les dettes que vous me devez depuis longtemps. Je ne peux pas, Mme Mcintyre. Vous savez, pour moi aussi ça va mal. Je me demande si je vais être capable de garder le magasin ouvert du train où vont les choses.

M. Gingras avait l'air vraiment désolé de lui dire cela.

— Je comprends. Ça ne fait rien. Merci quand même.

Maman a pris le sac que M. Gingras lui tendait et nous sommes sorties de l'épicerie. La cloche a de nouveau sonné deux fois. Drelin ! drelin !

***

Je cours dans le grand champ. Il est tout doré. C'est plein d'épis de blé mûrs. Quand on les flatte, ils sont très doux sous la main. J'arrive dans une clairière où il y a de belles fleurs toutes rouges, toutes éclatantes. C'est beau ? J'ai envie de m'envoler dans le ciel bleu. Il n'y a pas de nuage. Je regarde vers le soleil ; cela ne me fait pas mal aux yeux. D'habitude, papa ne veut pas que je regarde le soleil directement. « Tu peux devenir aveugle ». Mais là, il n'y a pas de problème. Je n'ai pas mal.

J'arrive dans une clairière, je tourne sur moi-même. Ma belle robe blanche à pois tournoie elle aussi. Mes grands cheveux noirs flottent dans les airs. J'ai envie de chanter, mais je ne peux pas. Il

22

n'y a pas de son qui sort. Ça ne fait rien, je chante quand même. Il y a une petite rivière au bout de la clairière. Je m'approche plus près. L'eau fait un bruit en coulant. Pourtant, ce n'est pas le bruit de l'eau qui coule. C'est comme une sorte de plainte. On dirait quelqu'un qui pleure tout doucement.

Je me suis réveillée.

J'étais toujours dans ma petite chambre, dans mon petit lit de fer, dans la petite bicoque. Elle n'est vraiment pas grande ma chambre, pas comme celle du manoir en tout cas. Elle est toute sombre. Par la seule fenêtre au cadre pourri, on ne voit que la ruelle et le derrière des autres maisons. Elles ne sont pas très belles non plus, ces maisons faites de planches de bois décolorées, avec leur toute petite cour, leur escalier tordu, leur corde à linge où il y a toujours des vêtements dessus. Le soleil n'entre presque jamais.

Des morceaux de plâtre se détachent dans un coin de la chambre, là-haut. Lorsqu'il pleut, il faut mettre un seau dessous, parce que ça coule. Il reste juste une peu de place dans la chambre pour installer un petit bureau et une chaise. Maman met le peu de vêtements que j'ai dans les tiroirs du petit bureau. Dans le manoir, il y avait une pièce complète pour mettre tous mes vêtements et mes beaux souliers. Maintenant, j'ai toujours les mêmes bottines.

Parfois, je m'assieds sur la chaise pour dessiner. Maman dit que je suis bonne. Je m'applique pour les traits. J'aime les crayons de couleur aussi. La seule décoration sur les murs de ma chambre, ce sont mes dessins. Tiens ! Celui-ci, c'est lorsque j'ai dessiné le manoir. Celui-là, c'est lorsque, j'ai dessiné le jardin. Celui-là au fond, c'est lorsque j'ai dessiné papa et maman et... Pete. Mon Pete. Tu es toujours là, mon Pete ? Ton âme vole toujours autour de moi, comme Rose le disait ? Je m'ennuie de te voir avec ton corps. Je m'ennuie de toi, si tu savais.

23

J'ai entendu des sanglots à travers la porte fermée. C'était sans doute cela qui m'avait réveillée. Maman ferme toujours la porte quand je vais me coucher, pour ne pas que j'entende le clac-clac-clac de la machine à coudre. Mais je l'entends quand même. Cela ne me dérange pas. Au contraire, je trouve que c'est un son rassurant. Maman est là et elle travaille.

Mais là, le son de la machine était arrêté et j'ai entendu des sanglots étouffés. Et des voix qui parlaient tout bas. Je me suis levée et tout doucement, j'ai entrouvert la porte, tout doucement pour pas que maman s'en aperçoive. C'était Loulou, la meilleure amie de maman. Elle pleurait en étouffant les sanglots avec un mouchoir. Maman la tenait par l'épaule comme pour la consoler. Elle a fini par lui dire.

— Je sais, Louise, je sais que c'est dur. Mais tu dois tenir le coup. Pense aux enfants.

— Ida, je ne suis plus capable. C'est trop. Ça fait maintenant six mois qu'Henri ne travaille plus. Ce n'est pas un flanc-mou, tu sais. Il a cherché au début. Mon Dieu qu'il a cherché. Mais là, il passe ses journées à la taverne. Il y dépense le petit peu que je lui laisse pour ses transports. Il revient le soir pas mal amoché, il va se coucher et il s'endort en pleurant.

— C'est sûr que ce n'est pas facile pour lui non plus. Il n'y a plus de travail nulle part.

—Moi, je pourrais travailler. Après tout, j'ai suivi le même cours de secrétaire que toi. Je pourrais aller m'engager dans un bureau d'assurance, comme je l'ai fait quand j'étais fille. Je gagnais bien ma vie alors. J'aurais pu faire comme toi.

— Ouais ! Ben, tu vois où cela m'a menée !

—Je ne voulais pas dire ça... Tu es ma meilleure et ma plus vieille amie, Ida. Tu le sais ! Je ne savais pas qui voir d'autres pour parler. Pardonne-moi ! Je viens te raconter mes malheurs, alors que tu te débats avec des problèmes plus importants que les miens.

— Ne dis pas ça, Loulou. Nous sommes tous dans le même panier avec cette maudite crise.

— Oui, mais toi, tu t'en sortais si bien. Ton manoir, il était si beau, si grand. Puis ton Bruce... Ton Bruce... c'était vraiment un bon gars. Faire ce qu'il a fait pour toi... presque renier sa famille qui ne voulait rien savoir de toi. Il fallait qu'il t'aime en maudit.

— C'est vrai... c'est vrai... Nous étions tellement amoureux... tellement... Rien ne nous aurait arrêtés... Rien !

— Comment va-t-il ?

— Oh! Tu sais, sa crise d'apoplexie l'a magané pas mal. Il ne reviendra jamais plus comme avant. Il faut que je me fasse à l'idée.

— Maudit que la vie est mal faite parfois.

— Ouais ! C'est bien vrai ! Mais toi, qu'est-ce qu'Henri dit de cela, que tu pourrais aller travailler ?

— Il ne veut pas que je cherche un emploi. Il dit que c'est à l'homme de rapporter de l'argent. Oui, mais quand l'homme ne peut plus en rapporter, qu'est-ce qu'on fait ? Il ne veut pas. Il dit que ce serait trop dur pour lui d'expliquer aux autres qu'il me laisse abandonner les enfants pour aller travailler. Il passerait pour une moumoune qui ne peut pas tenir sa femme.

— Oui, c'est vrai que ton Henri n'a jamais été une lumière.

— Ne dis pas ça, Ida ! Ne dis pas ça ! Tu ne le connais pas beaucoup. Tu l'aurais vu plus jeune, lorsqu'on se fréquentait. Il était beau (et il l'est toujours). Surtout, il n'était pas comme les autres garçons. Ce n'était pas un garçon brutal ou robineux, comme on en connaît trop. Il était prévenant, attentionné. Il me faisait de jolis cadeaux. Oh seulement des petits cadeaux, des babioles. Il n'était vraiment pas riche, tu sais, mais ça montrait qu'il tenait vraiment à moi.

— ….

— Quand nous nous fréquentions, nous faisions de grands projets ensemble. Nous voulions avoir beaucoup d'enfants. Lui, il avait commencé à ramasser un peu de sous. Son oncle avait une épicerie au village et il disait que ses cousins vivaient bien mieux que dans sa famille à lui. C'est vrai que la terre ne rapportait pas beaucoup. Il voulait aussi ouvrir une épicerie en ville. En se mariant, il a fallu se meubler, trouver un logement décent. Ses parents ne pouvaient pas l'aider. Cela n'a pas pris de temps qu'il a vidé son compte. Puis, la crise est arrivée…

Et voilà que Loulou a recommencé à sangloter. Quand Loulou parlait d'une terre à la campagne, cela m'a rappelé quand nous allions visiter grand-père sur sa ferme. Je me souviens avoir été surprise d'apprendre que maman avait été élevée sur cette ferme. La première fois que j'y suis allée — j'étais petite—, j'avais trouvé que cette ferme était pauvre. Les bâtiments étaient presque en ruine et la maison n'était pas mieux. En ce temps-là, seulement tante Charlotte habitait encore avec grand-père. Ma tante Charlotte tenait la maison pendant que grand-père s'occupait du foin et des vaches. Elle était gentille ma tante Charlotte. Mais elle avait toujours l'air triste. Elle pleurait souvent, même devant nous. Grand-père la chicanait en disant que cela ne se faisait pas de pleurer comme ça devant les autres.

Moi, j'avais peur des vaches. Elles sont si grosses. Puis, leur queue se ballotte d'un bord et de l'autre et on ne sait jamais si elle va nous frapper. Ma tante Charlotte m'aimait bien. Elle a voulu me montrer une fois comment traire les vaches. C'est difficile. Et surtout, c'est dégoûtant. Le pis, c'est tout mou. Puis, je ne savais pas comment faire couler le lait. Puis, cela ne sent pas bon dans l'étable. Puis, il y a des mouches. Beaucoup de mouches. En tout cas, moi je n'aimerais pas vivre sur une ferme, ça, c'est certain.

Je n'ai jamais connu ma grand-mère. J'aurais bien aimé la connaître. Maman en parlait parfois quand elles se rencontraient avec ses sœurs. Elle disait qu'elle était partie trop jeune. Quand elle parlait de grand-mère, elle avait souvent les larmes aux yeux. Elle disait qu'elle s'était sacrifiée pour ses filles et que c'est la raison pour laquelle elle était morte trop jeune. Une fois, une seule fois, elles ont parlé ensemble de son handicap. Grand-mère boitait d'un pied. Ma tante Phonsine avait alors dit que c'est pour cela qu'elle s'était mariée tard et que c'est seulement grand-père qui voulait la marier. Maman n'avait pas aimé cela que ma tante Phonsine dise cela. Ma tante Phonsine, elle n'est pas toujours gentille.

— Prends sur toi, Loulou. Prends sur toi. Les choses vont bien finir par se tasser.

— Je ne suis pas batailleuse comme toi, Ida. Toi, t'es une force de la nature.

— Peut-être... mais pour le moment, je ne peux que courber l'échine. Mais ce ne sera pas toujours comme cela, je t'en passe un papier. Il y en a qui vont payer pour ce qu'on a fait subir à notre famille... quelqu'un va payer pour la mort de Peter, pour la maladie de Bruce... pour notre déchéance... Je t'assure que quelqu'un va payer...

Je déteste quand je vois maman dans cet état. Elle est toute rouge. Ses yeux jettent des éclairs. Je ne me sens pas bien dans ce temps-là. Rose disait que le doux Jésus ne veut pas que nous nous mettions en colère. Elle disait que lorsque l'envie nous prenait de nous mettre en colère, il fallait regarder celui à qui nous en voulions comme un autre Jésus, comme si Jésus était là, présent devant nous. « Tu ne voudrais pas, Peggy, être en colère contre Jésus qui nous aime tant, n'est-ce pas ? » Bien sûr que non ! Alors, quand on voit quelqu'un comme si c'était Jésus, on ne peut pas être en colère contre lui, c'est certain.

— Maudite crise... Comment se fait-il, Ida, qu'on en soit rendu là ? Le sais-tu toi ?

— « Il faut tout de même voir qu'il y a des ordres apparents qui sont les pires désordres ». Tu te souviens de Péguy, hein Loulou !

— Je me souviens surtout comment nous prenions du plaisir à lire les mêmes livres, puis à en discuter ensemble. Les autres filles croyaient que nous étions un peu timbrées. Elles, elles cherchaient seulement à s'amuser, à se trouver un mari. Qui sait ! Si nous avions vécu à une autre époque, nous aurions pu devenir des professeurs ou des avocats ou des médecins. Nous aimions tant les études. Nous étions bonnes en plus.

— Qui sait, en effet ! C'est vrai que la vie ne nous a pas fait de cadeaux. Mais il n'en reste pas moins que certains en profitent grandement de cette vie... et au détriment d'autres.

— Tu penses toujours à Kenny ?

— C'est un vrai salopard ! Il a profité sans vergogne de la maladie de Bruce pour prendre le contrôle de l'entreprise en douce. Peter n'était plus là pour l'arrêter. Il a commencé par petits bouts,

28

en prenant la majorité d'abord, puis ensuite en faisant déclarer Bruce inapte. Après quoi, le plus pressé fut de lui faire déclarer faillite. Nous avons dû vendre le manoir, les autos et tous nos biens. Nous avons tout perdu, jusqu'au dernier sou. Il a tout fait pour qu'il ne nous reste plus rien. Puis, il nous a jeté comme de vieilles chaussettes, sans remords.

— S'il y a une justice sur la terre, il va payer un jour pour ça.

— Tu peux être certaine qu'il va payer... D'une façon ou d'une autre.

Loulou s'est levée pour partir. Elle ne pleurait plus, Maman et elle se sont embrassées très fort. Je me suis dépêchée à refermer la porte et à revenir dans mon lit, parce que je sais que maman vient toujours me voir avant d'aller se coucher.

Elle a ouvert la porte. J'ai fait semblant de dormir. Elle s'est assise près de moi sur le lit, m'a flatté les cheveux. Quand elle me flatte ainsi les cheveux, je me sens totalement rassurée, en paix. C'est drôle comment elle peut, en si peu de temps, être tellement en colère et tellement douce. Ça, c'est ma maman ! Elle est comme cela.

CHAPITRE 2 : Une orchidée dans le jardin d'hiver

Nous étions heureux quand nous vivions au manoir.

La maison était grande, très grande. Parfois, j'avais de la peine à me retrouver dans les nombreuses pièces. Et c'était beau ! L'entrée tout de marbre, avec des carreaux blancs et noirs en losange. Le grand escalier en bois sculpté pour monter à l'étage. Les boiseries aux murs, de la même couleur que la boisson de papa. Les grands appartements au rez-de-chaussée, avec de beaux tapis. On appelle cela des tapis de Perse. C'est comme cela qu'on dit : des tapis de Perse.

Il y avait le grand salon à gauche. J'aimais beaucoup les murs tout pleins de dessins sculptés. C'est là qu'était reçue la visite. Et il y en avait de la visite, ça, c'est sûr. De toutes les sortes. De belles dames avec de grands chapeaux et de beaux souliers, des messieurs en veste et cravate, très chics. Bien sûr, il y avait aussi mes tantes Jeanne, Phonsine et parfois Charlotte. Ma tante Charlotte, elle ne venait pas souvent. Il paraît qu'elle était trop occupée à la ferme. Loulou était là souvent aussi. Elles venaient toutes pour voir maman. Mes tantes étaient très bavardes, surtout lorsqu'elles étaient toutes ensemble. Et maman n'était pas en reste.

Du côté de papa, je sais qu'il a une mère. Je le sais parce que maman et lui en parlaient quelques fois. Mais je ne l'ai jamais vue. Personne ne venait nous voir de la famille de papa, à l'exception de l'oncle Kenny bien sûr. Mais lui, c'était pour affaire. Quand il venait, il allait directement dans le bureau de papa au fond. Voilà une pièce où je n'allais pas souvent, parce que papa ne voulait pas que je le dérange quand il travaillait ou quand il rencontrait des gens pour ses affaires.

À droite de l'entrée, il y avait la bibliothèque tout en bois sculpté. Mon Dieu qu'il y en avait des livres ! Maman allait très souvent s'asseoir dans la bibliothèque pour lire. Parfois, je m'asseyais à côté d'elle et je la regardais lire. Elle était très concentrée, très sérieuse. Maman, ça ne l'embêtait pas que je reste à l'examiner. J'étais très sage. Je ne voulais pas la déranger. Moi, je ne sais pas lire. Il paraît que je suis incapable d'apprendre à lire. On pense cela peut-être parce que je ne parle pas. Si l'on avait voulu m'enseigner, j'aurais peut-être appris. Mais je n'ai jamais été à l'école. Encore là, peut-être qu'on pensait que je serais incapable de suivre la maîtresse en classe. En tout cas, j'avais beaucoup de livres d'images dans la bibliothèque de maman. Quand elle lisait, je prenais aussi quelques livres d'images et je les feuilletais lentement, comme maman faisait.

Dans le manoir, il y avait beaucoup de chambres au premier étage, plus qu'on en avait besoin. On en trouvait aussi au troisième étage, des chambres plus petites avec des fenêtres à lucarne. Les domestiques couchaient là. On y accédait par un petit escalier. Je suis allé parfois visiter Rose dans sa chambre. Mais cela prenait une très bonne raison pour le faire. Maman n'aimait pas que je dérange les domestiques. Elle disait qu'ils avaient besoin de se reposer et aussi d'intimité. C'était son mot « intimité ». Cela voulait dire qu'ils avaient besoin d'être seuls.

Je ne suis jamais allée au grenier. Maman disait que c'était trop poussiéreux et que je risquais de me salir. C'était un peu la même chose pour la cave. Bien sûr, j'y suis descendue quelques fois avec papa. Il allait chercher des bouteilles de vin. Il me demandait de l'aider à apporter une bouteille. Il disait : « Fais

attention, ma Peggy. C'est fragile. Mais je sais que tu es capable ».
Je faisais bien attention. Je la tenais dans mes bras, comme je
faisais pour mes poupées. Et papa souriait en me voyant ; il y avait
une belle lueur de tendresse dans les yeux, et je lui souriais de mon
plus beau sourire. Mon petit papa. Je l'aime tant.

Dehors, près du manoir, on pouvait voir un autre bâtiment,
plus bas mais grand aussi. J'ai déjà entendu papa dire que l'ancien
propriétaire y élevait des chevaux. J'aurais bien aimé avoir des
chevaux. Je n'ai pas peur des chevaux, même s'ils sont gros. C'est
un très gentil animal. Je n'en ai pas vu souvent, seulement
lorsqu'on allait sur la ferme de grand-père. Les chevaux sur les
carrousels, ça ne compte pas. Ce ne sont pas des vrais.

Aujourd'hui, on range les automobiles dans ce bâtiment. Nous
en avions trois. Une, deux, trois. Je ne sais peut-être pas lire, mais
je sais au moins compter jusqu'à dix. Après, cela devient plus
difficile. Elles étaient très belles, beaucoup plus belles que celles
que je vois sur notre rue maintenant. Gaston, le chauffeur, était
toujours en train de les laver et de les polir quand il ne les
conduisait pas. Il les « astiquait », comme il disait. « Je m'en va
astiquer les chars ». C'est comme ça qu'il disait. Je faisais attention
de ne pas trop m'approcher quand il lavait une auto. Parce qu'il
était taquin, Gaston. Il m'arrosait avec le boyau d'arrosage quand
j'étais distraite. Oh ! Juste un peu, car sinon maman m'aurait
chicanée et elle l'aurait chicané lui aussi. C'était rigolo ! En réalité,
je faisais parfois exprès pour m'approcher un peu trop près. Il le
savait, je crois. Il faisait semblant de ne pas me voir, puis il virait
soudain son boyau, comme ça. C'était rigolo !

J'aimais courir dans la grande cour en avant de la maison. Il
n'y avait pas de danger comme ici, lorsque je sors et que j'arrive
directement sur le trottoir. Dans la cour du manoir, les autos
roulaient très lentement bien sûr, sur un chemin fait de petites
pierrailles beiges très jolies. Ce chemin serpentait jusqu'à la rue et

cela faisait contraste avec le vert profond de la pelouse. Quand une auto arrivait, on entendait les pneus craquer sur le chemin, comme lorsqu'on met du lait dans nos céréales le matin. Il n'y avait pas de danger de se faire frapper. Il fallait marcher longtemps avant de se rendre à la rue. De toute façon, l'entrée était fermée par une belle grille, très solide, en fer forgé. C'est cette même grille qui entourait la propriété. La nuit, Joseph le jardinier allait verrouiller la porte pour que personne ne puisse entrer.

Il y avait bien quelques beaux arbres en avant, mais c'était surtout de la pelouse. Des ouvriers venaient régulièrement l'été pour la tondre, car Joseph ne faisait pas la tonte du gazon. Lui, il s'occupait des beaux parterres de fleurs près de l'entrée de la maison et en arrière aussi. Il y en avait beaucoup, de toutes les couleurs. Les fleurs dans la serre, celle qui était au bout du grand salon, c'était l'affaire de maman. Elle appelait cette pièce son « jardin d'hiver » même s'il y avait des fleurs l'été aussi. « Viens Peggy, viens aider maman dans son jardin d'hiver ». Parfois, Joseph venait aussi, surtout pour démarrer les boutures et des choses comme cela. Mais maman se gardait l'entretien régulier. Elle en coupait souvent pour en faire des arrangements et les disposer dans la maison un peu partout. C'était très gai, très joyeux.

Rien de plus merveilleux cependant que l'arrière du manoir. D'abord, on trouvait une grande terrasse qui dominait le jardin. Lorsqu'il faisait beau l'été, on prenait toujours notre déjeuner sur la terrasse. Même s'il était très occupé, papa déjeunait avec nous. Papa était toujours de bonne humeur, surtout le matin. Il s'informait de nous, de maman, de Pete, de moi. « Que vas-tu faire aujourd'hui, ma Peggy ? ». C'était sa question préférée. Même si j'avais pu parler, je n'aurais pas su quoi lui répondre. Moi, je ne travaillais pas comme lui ou maman, je n'allais pas à l'école comme Pete. Je me contentais de suivre les domestiques, de m'asseoir près de maman quand elle lisait, de courir dans la cour ou dans le jardin pendant l'été. Même l'hiver, je m'habillais bien chaudement et j'allais marcher sur le terrain. Mais je ne faisais rien. Alors, à la question de papa, je lui souriais de mon plus beau sourire. « Alors, tu vas être sage, n'est-ce pas ? Tu n'embêteras pas Rosie ni Germaine ». Il disait cela avec un grand sourire, parce qu'il savait bien que j'étais toujours sage... enfin presque toujours.

En arrière du manoir, nous avions un jardin. Mon jardin. C'était à moi, ce jardin. J'en connaissais tous les recoins, tous les arbres et les bosquets, tous les petits animaux, tous les insectes. L'hiver, le temps était plus long, parce que je ne pouvais pas aller dans le jardin quand je voulais. De toute façon, avec la neige et le froid, les arbres avaient l'air mort. On ne trouvait plus d'insectes et pas beaucoup d'animaux. Des écureuils gris venaient de temps en temps fouiller près des arbres. Ils cherchaient les glands qu'ils y avaient cachés à l'automne. Je me demande encore comment ils faisaient pour retrouver leur cachette sous la neige. Ils y arrivaient, même s'ils devaient chercher longtemps. Je les observais de la fenêtre du salon. Ils travaillaient fort, couraient dans tous les sens en sautillant dans la neige. Parfois, ils s'enfonçaient tellement qu'ils en ressortaient le museau tout couvert de neige. Ça me faisait bien rire.

Par contre, l'été c'était merveilleux ! Au printemps surtout, la vie éclatait de partout avec le retour de la chaleur et du soleil. Les petites feuilles vert tendre des arbres attiraient comme des aimants une multitude d'oiseaux. On aurait dit qu'ils s'étaient cachés pendant tout l'hiver et qu'ils n'avaient alors qu'un seul but : faire leur nid et piailler comme jamais. Les écureuils évidemment s'en donnaient à cœur joie. On voyait aussi une grosse marmotte avec ses petits. Parfois, deux ratons laveurs s'approchaient de la maison comme des voleurs. Quand j'allais dans le jardin au printemps, je m'asseyais adossée à un tronc d'arbre. Et là, j'attendais en silence, sans bouger. Il ne fallait pas longtemps pour voir se promener des mulots et même des couleuvres. En examinant de près la terre, on voyait s'animer toutes sortes d'insectes, pas toujours très beaux, mais qui avaient aussi le droit de vivre. Je pouvais passer mes journées à faire cela au printemps. Toutes mes journées. Je ne m'ennuyais jamais.

Le jardin, c'était presque une forêt parce que le terrain du manoir était très étendu. Il s'arrêtait au début de la pente de la montagne en arrière. On pouvait voir au sommet de cette montagne une grande croix de métal. Quand les ouvriers sont venus la construire, cela faisait beaucoup de bruit. Papa n'aimait pas cette croix. Il disait que c'était un « tas de ferraille ». Moi, j'étais contente, parce qu'elle me rappelait la croix de l'église, sauf qu'il n'y avait pas de Jésus dessus.

Chaque fois que je la regardais, et cela arrivait souvent, je faisais une prière au doux Jésus. Je lui demandais de protéger mes parents, de prendre soin de Pete...

Mon Pete ! Mon pauvre Pete ! Pourquoi est-ce arrivé ? Pourquoi tu t'es envolé comme un oiseau ? Qu'est-ce qui est arrivé à mon Pete adoré ? Mon doux Jésus, pourquoi as-tu laissé faire cela ? Peut-être que je ne t'ai pas assez prié. Rose dit qu'il faut toujours prier le doux Jésus quand on veut obtenir quelque chose. Il ne faut pas arrêter de prier. Rose m'avait déjà lu une phrase dans la Bible. Sa Bible, elle la lisait toujours lorsqu'elle avait un peu de liberté. C'est aussi ce qu'elle faisait dans « l'intimité », j'en suis certaine.

Parfois, Rose me lisait la Bible. La Bible, c'est un gros livre très lourd. Rose m'a expliqué que la Bible contenait tout ce qui est important à savoir pour vivre. Elle me disait qu'elle lisait la Bible depuis qu'elle était toute petite avec ses parents. Ses parents et elle n'allaient pas à la même église que celle de maman et moi, ni même que celle de papa et Pete. C'était une église spéciale en campagne. Elle me disait que ce n'était pas tout le monde qui aimait qu'ils aillent à cette église-là. Les autres appelaient cela des « mitaines » lorsqu'elle y allait le dimanche. « Regarde ! Ils vont à la mitaine ». Je riais lorsqu'elle me disait cela. Une mitaine, c'est fait pour mettre dans les mains. On ne peut pas aller à une mitaine, c'est elles qui viennent à nous lorsqu'on les met dans nos mains. Rose riait aussi lorsque je riais. Elle aimait bien quand je riais, même si elle ne comprenait pas toujours pourquoi je riais.

Quand Rose me lisait la Bible, je lui demandais souvent de me répéter. Elle comprenait mes signes dans ces cas-là. Alors elle répétait et répétait. Elle était très patiente, Rose. Que je me rappelle. Voyons ! : « *Si l'un de vous a un ami, et qu'il aille le trouver au milieu de la nuit pour lui dire : Ami, prête-moi trois pains... cet ami lui répond : ne m'importune pas, la porte est déjà fermée..., je vous le dis, même s'il ne se levait pas pour les lui donner parce que c'est son ami, il se lèverait à cause de son importunité et lui donnerait tout ce dont il a besoin* ». Rose m'a expliqué qu'« importuner », ça veut dire déranger. Elle m'a dit que je ne devais pas me gêner pour déranger Jésus avec mes prières. Il finirait bien par répondre.

Mais il ne l'a pas fait pour Pete. Peut-être que je n'ai pas assez prié. Je vais le faire mon doux Jésus. Ne t'en fais pas, je vais le faire. Mais ici, dans la petite bicoque, je ne te vois plus aussi souvent qu'avant. C'est moins facile. Ici, on ne va pas souvent à la messe pour te voir. Maman n'a pas le temps, parce qu'elle travaille. Elle dit qu'on peut te prier dans son cœur. C'est vrai ? En tout cas, moi je le fais. Et je continuerai à le faire.

Quand nous habitions le manoir, nous allions tous les dimanches à la messe dans la grande basilique. Papa, lui, ne venait pas avec nous. Il partait avec Pete pour une autre église. Je n'ai jamais compris pourquoi ils ne venaient pas avec nous. Pour prier Jésus, on peut le faire dans une seule église, tous ensemble, non ? En tout cas, eux partaient par un autre chemin pour rejoindre leur église.

37

Lorsqu'il faisait beau, maman et moi on allait à pied vers la basilique. J'aime bien marcher avec maman pour aller à la basilique. On passait toujours par la belle rue avec des arbres. Il y avait de grandes maisons avec des cours, plus petites que notre manoir, mais quand même très belles. Puis, en arrivant près de la basilique, on trouvait de grands immeubles tout neufs, faits de pierres grises. Ils étaient si grands qu'ils cachaient le soleil. Puis, on arrivait au parc. Beaucoup qui n'allaient pas à l'église se promenaient dans le parc en habit du dimanche. Des couples bras dessus bras dessous, des familles avec des bébés dans leur carrosse, des personnes seules assises sur un banc lisant un livre. C'était plus calme que d'habitude en ville. Il y avait moins d'autos qui roulaient moins vite.

Ce qu'elle était grande cette basilique ! Maman disait qu'elle était « imposante ». Elle disait souvent cela lorsqu'elle arrivait à la basilique : « Ce qu'elle est imposante » ! C'est vrai qu'elle était très haute. On pouvait voir sur le dessus de son dôme tout vert une grande croix en fer forgé. Ce qui était le plus impressionnant, c'était les personnages tout verts posés au-dessus d'un grand portail avec des colonnes. Il fallait se casser le cou pour les voir lorsqu'on était plus près.

Mais le plus beau était à l'intérieur : une immense allée avec des rangées de bancs bien droites, un plafond comme le fond d'une chaloupe toute ronde à l'envers, des colonnes « imposantes » avec des ornements tout sculptés au sommet, une belle couleur qui ressemblait à du beurre. Mais le plus beau, c'était en avant. Maman s'arrangeait toujours pour arriver assez tôt pour qu'on puisse mieux voir. Ce n'était pas facile parce qu'il y avait beaucoup de monde qui venait à la messe.

Quand on y arrivait, on pouvait voir la lumière descendre du grand dôme qui venait éclairer une très haute cabane. En fait, ce n'était pas une cabane, parce qu'il n'y avait pas de mur. Seulement quatre colonnes toutes tordues qui soutenaient un plafond sculpté. On aurait dit que c'était là pour protéger Jésus de la pluie et de la neige pendant la messe. Pourtant, il ne pleuvait et ne neigeait jamais dans cette église. En tout cas !

Quand nous sortions de l'église, lorsque c'était l'été et qu'il faisait beau et chaud, nous allions nous chercher de la crème glacée. Moi, je prenais toujours à la fraise. Nous allions nous asseoir sur un banc dans le parc en face de l'église, puis nous mangions notre crème glacée, toutes les deux, côte à côte, sans rien dire, seulement là, si bien, à nous faire chauffer le visage au soleil.

Hum ! La maison sentait bon lorsque nous revenions de la messe. Germaine nous préparait toujours un repas spécial le dimanche. Pas un banquet, comme lorsque nous avions de la visite de grands personnages. Non. Un repas simple, mais pas comme ceux des jours ordinaires. De plus, on s'installait à la grande table de la salle à manger pour l'occasion. Elle était bien longue cette table, bien longue. On s'assoyait tous les quatre sur l'un des côtés en se rapprochant le plus possible l'un de l'autre, ce qui n'était pas facile, parce que la table était aussi très large.

La plupart du temps, ces repas étaient joyeux. Maman aimait bien bavarder. Elle commentait la semaine, abordait toutes sortes de sujets d'actualité, racontait des ragots et les rumeurs du jour. Papa écoutait en souriant. Pete, lui, ne donnait pas sa place. Il avait une opinion sur tout, même lorsqu'il était plus jeune. Il pouvait contredire maman ou papa sur tous les sujets. Maman disait que c'était pour « s'affirmer ». « S'affirmer » ? Ça voulait dire sans doute qu'il aimait dire le contraire des autres. C'est ce que j'ai compris du moins. En tout cas, il s'affirmait fort parfois.

Même si la plupart du temps les repas étaient gais, il arrivait que ce soit plus animé. Quelques fois même, le ton montait vraiment. Alors, je n'aimais pas cela. Je me mettais à me balancer sur ma chaise en produisant des petits sons, comme des lamentations. Je réussissais toujours à calmer le jeu ainsi. Maman disait alors : « On énerve Peggy là, avec nos discussions ». Alors papa, inévitablement, racontait une blague qui faisait rire tout le monde. En ce temps-là, nous étions bien, tous ensemble, à la table le dimanche.

Puis, comme rien ne peut rester pareil même si on le veut, les choses ont changé à mesure que Pete a vieilli. Il arrivait que Pete ne vienne même plus manger avec nous le dimanche. Il est vrai que les discussions étaient devenues un peu plus rudes. Souvent, maman commençait.

— Bruce, tu laisses faire cela de la part de Kenny.

— Mais Ida, c'est mon frère après tout.

— On ne le dirait pas tellement vous êtes différents. Il te mange la laine sur le dos, tu ne le vois donc pas ?

— Qu'est-ce que tu racontes, Ida ?

— C'est toi qui possèdes la majorité des parts dans l'entreprise. Le testament de ton père était clair. Il voulait que ce soit toi qui diriges l'entreprise. Il n'avait pas confiance en Kenny. Puis, tu es le plus vieux après tout. Et tu es sûrement le plus sage. Kenny, c'est une tête folle, un ambitieux qui n'a pas les moyens de ses ambitions. En plus, c'est un dépravé qui…

— Pas devant les enfants, Ida…

— Des enfants qui comprennent très bien ce que maman veut dire. N'est-ce pas Peter ?

— Oh moi, tu sais maman, la *business* de papa…

— Tu devrais pourtant t'y intéresser maintenant que tu as l'âge.

— J'ai mes études…

— Tes études… tes études… Tu ne vas à tes cours qu'une fois sur deux.

— C'est parce que j'y perds mon temps.

— Tu préfères courir les filles, oui, puis finir tes soirées dans les boîtes de nuit.

— Tu exagères…

— Dis-moi alors à quoi d'autre tu t'intéresses, Pierre.

Quand maman n'était pas contente après Pete, elle l'appelait Pierre. C'était son vrai nom : Pierre. Pourtant, moi, elle m'appelle rarement Marguerite. C'est toujours Peggy. Je ne comprends pas.

— Maman, je suis encore jeune… je veux vivre ma vie avant de devenir vieux comme vous. Ce n'est pas normal ? Vous n'avez pas fait la même chose ?

— Non. Nous n'avons pas fait la même chose. J'ai travaillé dès l'âge de dix-sept ans dans le bureau de ton père. Puis lui, il était encore plus jeune lorsque ton grand-père l'a fait travailler dans l'entreprise. Il a commencé au bas de l'échelle, en livrant le courrier dans les bureaux. Son père ne voulait pas de favoritisme.

— Ida, ne l'embête pas avec nos vieilles histoires.

— C'est vrai quand même. Nous avons travaillé dur pour arriver jusqu'où nous sommes.

—… Avec l'argent de grand-père derrière, il ne faut pas l'oublier, a dit Peter.

Maman est devenue toute rouge à ce moment-là.

— Pas pour moi en tout cas. J'ai été élevée les deux pieds dans la bouse de vache. Nous avons tiré le diable par la queue sur cette maudite ferme, une chose que tu ne connaîtras jamais évidemment. Tu te comportes comme un enfant gâté, Pierre. Tu as bien changé depuis quelque temps.

— Ah Maman, t'exagères encore… je veux vivre ma vie, tout simplement… pas la tienne, pas celle de papa.

— C'est un peu vrai ce qu'il dit, Ida. Je sais que Peter s'intéressera tôt ou tard à la *business*. Je le sens. Et il sera bon, je te l'assure.

Pete a souri à papa quand il a dit cela. Il aimait beaucoup papa, mon Pete. Je les voyais parfois marcher ensemble dans le jardin quand Pete était plus jeune. Ils ne disaient pas grand-chose, mais papa se penchait parfois pour lui montrer quelque chose, et Pete était tout attentif. Plus tard, quand Pete était plus grand, ils allaient les deux tout seuls à la pêche et à la chasse. Quand ils revenaient, mon Dieu qu'ils étaient sales et qu'ils ne sentaient pas bon. Mais ils avaient l'air tellement heureux, surtout lorsqu'ils avaient « tué leur *buck* », comme ils disaient. Oui, Pete adorait son papa.

— Tu me fais un peu penser à ton grand-père, Peter : une vraie tête de pioche.

— Comment était-il grand-père ? Je ne me souviens pas de lui.

42

— C'est normal. Il est mort quand tu avais, quoi, trois ans ? Je l'aimais beaucoup. Il était très attentionné pour sa famille.

— Trop, comme l'aurait dit ta mère, cette chipie, a ajouté maman.

Papa n'a pas relevé le commentaire de maman et a continué à parler de son papa à Pete.

— Il avait la réputation d'un homme rude, exigeant, déterminé qui ne faisait pas de cadeau. Il provenait d'une famille d'Écossais qui avait fui la misère en Grande-Bretagne pour venir au Canada. Son père était arrivé sans un sou en poche. Il avait trimé dur dans le Nord-Ouest à faire la traite des fourrures. Il avait gelé plus souvent qu'à son tour.

— C'était un aventurier ?

— Je ne dirais pas cela. Il a été engagé par la Compagnie du Nord-Ouest pour tenir un comptoir dans ce qui était à l'époque Fort William. Ce n'est pas lui qui trimballait les ballots de fourrure jusqu'à Montréal. Par contre, il lui arrivait d'aller rencontrer les Indiens très loin au Nord pour négocier les peaux. Il était si entreprenant que la Compagnie l'a rapidement associé à l'entreprise. C'est comme cela qu'il a commencé à accumuler une petite fortune. Tu sais à cette époque-là, la fourrure de castor et de cochon d'Inde se vendait à un prix d'or.

— Oui, mais on ne vend plus de fourrure maintenant.

— C'est vrai. Ça, c'est parce que ton grand-père a eu le nez fin. Il voyait venir la fin de l'âge d'or de la fourrure et il a tout investi l'héritage de son père dans une petite entreprise de vêtements à Montréal et il l'a fait progresser jusqu'à ce qu'elle devienne ce qu'elle est aujourd'hui. Il tenait de son père son entêtement. Surtout, c'était un économe. Il n'aurait pas apprécié que nous vivions aussi richement. Lui, il a toujours préféré sa petite maison à la campagne. Pourtant, il a été un temps l'une des plus grandes fortunes de Montréal. Mais peu de monde le savait, sauf les autres riches.

Je ne m'étais pas rendu compte vraiment que nous étions riches quand nous habitions au manoir. C'est maintenant que je m'en aperçois. Ici, dans la petite bicoque, la vie est si différente. Personne pour nous faire à manger. Personne pour tondre le gazon ; de toute façon, il n'y en a pas. Personne pour nous conduire en automobile, pas d'automobile non plus. Et je ne risque pas de me perdre dans la maison, ça, c'est certain. Puis surtout, personne pour s'occuper de moi quand maman n'est pas là. Rose, ma Rose. Comme je m'ennuie de toi.

Rose, c'était un ange. Je le sais parce qu'elle m'a dit un jour qu'elle était mon ange gardien. Elle prenait soin de Pete et de moi quand nous étions plus jeunes. Ensuite, elle a continué de s'occuper de moi quand Pete n'avait plus besoin d'ange gardien. Elle habitait l'une des petites chambres en haut. Ainsi, elle était toujours présente quand on avait besoin d'elle. Il lui est arrivé plusieurs fois de venir me surveiller lorsque j'étais malade, elle prenait la place de maman quand celle-ci était trop fatiguée. Oh, ce n'est pas arrivé si souvent quand même.

Elle m'a longtemps aidé à me laver et à m'habiller. Quand je suis devenue plus grande, elle m'a montré comment faire. Elle était très patiente, parce que je ne comprenais pas toujours du premier coup. Puis, je suis arrivée à m'habiller toute seule, mais c'est elle qui venait choisir mes vêtements, parce que moi, je me serais toujours habillée pareil. Je ne trouvais pas cela important, mais elle, si : « Ma Peggy, tu dois être une vraie carte de mode ». Voilà ce qu'elle disait : une « carte de mode ». Au début, je trouvais ça

44

drôle. Je ne suis pas une carte quand même. Rose, elle avait des expressions comme cela.

Ce que je trouvais bien de sa part, c'est qu'elle tenait toujours à m'expliquer les choses. Ce n'était pas comme les autres, les étrangers, qui me parlaient en bébé ou pas du tout, parce qu'ils croyaient que je ne comprenais rien. Rose, elle, elle le savait que je n'étais pas une « demeurée », comme j'entendais dire parfois lorsqu'on croyait que je n'écoutais pas. Ce n'est pas parce que je ne parle pas que je suis une demeurée. Rose, elle savait que je pouvais parler. D'ailleurs, elle comprenait la plupart de mes signes et de mes sons. Pas tous, mais la plupart. Plus que maman même.

Oui, Rose elle s'occupait très bien de moi. En plus, elle me lisait la Bible souvent. J'ai appris beaucoup de choses avec la Bible. Dieu est bon ; c'est pour cela qu'on l'appelle le Bon Dieu. Son fils, le doux Jésus, nous aime tous. Il nous connaît, il sait que nous ne faisons pas toujours ce que nous devons faire, mais il nous aime quand même. Jésus aime même ceux qui font du mal. Il leur donne toujours une chance de devenir meilleurs. Rose appellait cela la « miséricorde ». J'ai pris quand même beaucoup de temps à comprendre ce mot, je lui ai demandé de me répéter plusieurs fois. Je trouvais ça bizarre que dans ce mot, il y avait celui de « misère », alors que le mot veut dire « pardon ». Pardonner à quelqu'un, ça veut dire que je l'aime même s'il m'a fait du mal. C'est ce que Rose m'a répété souvent.

Rose m'a expliqué qu'elle, moi et tous les autres, nous faisons tous des péchés. Seul Jésus n'a pas fait de péchés. J'étais bien intrigué par ce mot. Rose m'a dit que faire un péché, c'est quand nous suivons nos penchants mauvais plutôt que la voie juste. En tout cas, moi, il me semble que je ne fais pas beaucoup de péchés. J'essaie toujours de suivre la voie juste. Mais je dois en faire quand même, parce que tout le monde en fait.

Rose dit souvent que Jésus nous aime tellement qu'il est prêt à pardonner à tous les pécheurs afin qu'ils changent leurs actions méchantes en bonnes actions. Il est même prêt à se sacrifier pour les pécheurs afin qu'ils deviennent meilleurs. Il est même prêt à mourir sur la croix pour qu'ils deviennent meilleurs. Quand elle m'a dit cela la première fois, j'ai enfin compris pourquoi il y avait souvent des Jésus étendus sur une croix. C'est parce qu'il s'est sacrifié pour les pécheurs. C'est fort quand même, se sacrifier pour ceux qu'on ne connaît même pas. C'est fort !

Rose. Comme je m'ennuie de toi !

***

La la lala
La la la
La la
La la la la

Je chantais souvent cette chanson avec mon Pete. Il me l'avait apprise lorsqu'il était tout petit encore. Je ne pouvais pas dire les mots, mais je chantais quand même. Il riait de m'entendre et il répétait les mots. Mais, moi, j'étais incapable de les chanter. Tout ce que je pouvais faire, c'était des *la la la*. Il riait encore et il venait m'embrasser sur la joue.

Mon petit frère. Comme il était gai, vivant, turbulent aussi. Il faisait toujours des choses qui énervaient Rose. « Peter, ne fais pas cela ! Tu vas te faire mal avec tes plans de singe ». Et lui, il riait aux éclats et repartait de plus belle dans ses plans de singe.

Quand il était plus petit, je m'occupais de lui parfois. Je le prenais par la main pour aller au jardin. Je m'asseyais sous mon arbre favori et je le laissais trottiner autour. Mais quand il a été plus vieux, c'est lui qui s'est occupé de moi. Un jour, il avait demandé à maman pourquoi j'étais comme j'étais.

— Maman. Pourquoi Peggy ne parle pas ? Pourquoi elle sourit tout le temps ? Pourquoi elle se tient là, sans bouger, alors qu'elle pourrait s'amuser avec moi ? Pourquoi elle ne vient pas à l'école ?

Il en posait des questions, mon petit Pete. Il a toujours posé beaucoup de questions. Maman lui a répondu.

— C'est parce que Peggy a eu un accident en tombant d'un arbre il y a longtemps. Depuis, elle est comme cela.

— C'est triste !

— Peggy, elle n'est pas triste. Tu vois comme elle souvent de bonne humeur.

— D'accord, mais elle ne peut pas faire tout ce que les autres font. Moi, je vais à l'école, pas elle.

— Tu sais Peter, il y a des gens comme ça qui sont différents, qui ne font pas comme tout le monde. Il faut les accepter comme ils sont, ces gens, même si cela te semble triste. Vois ce que Peggy nous apporte de gaieté dans la maison.

— Oh, elle n'est pas toujours gaie. Parfois elle crie fort.

— C'est vrai, mais c'est toujours parce qu'elle réagit à ce que nous faisons ou disons. C'est sa façon de nous montrer que c'est nous qui avons tort. Tu sais, notre Peggy, c'est comme une belle orchidée, comme celles qui poussent dans le jardin d'hiver. Tu sais comment maman prend soin de ses orchidées.

— Oui, je sais. Tu y vas souvent pour les arroser, tes orchidées.

— Peggy, c'est la plus belle des orchidées, la plus fragile de toutes les fleurs. C'est pour cela qu'il faut prendre soin d'elle, la protéger. Tu comprends, Peter ?

Mon Pete a bien réfléchi à ce que maman disait et il a ajouté.

— Oui Maman. Je vais prendre soin de Peggy, je vais la protéger.

Et c'est depuis ce temps-là que Peter prend soin de moi. Il l'a fait souvent aussi.

Un jour, nous étions partis tous les deux. Pete était grand alors. Il était devenu plus grand que moi. Il avait poussé d'un coup. On aurait dit qu'un jour il était petit et que l'autre, il est devenu grand. Il arrivait souvent qu'il m'amène au parc pour jouer sur les balançoires. J'avais une balançoire préférée que je prenais toujours. Lui, il me poussait, tranquillement d'abord, puis plus fort ensuite. J'aimais beaucoup cela. Je ne voulais jamais qu'il arrête.

Trois garçons sont arrivés près de nous. Les garçons ont commencé à me taquiner. Du moins, moi j'ai pensé qu'ils me taquinaient, mais pas Pete. « Regarde la belle grande fille sur sa balançoire ». « Elle aime ça. Elle rit tout le temps ». « Ta copine, c'est une idiote ? ». Toutes sortes de choses comme ça. Moi, cela ne m'embêtait pas. Mais Pete s'est mis en colère, comme maman le fait parfois. Il s'est approché du plus grand des garçons et sans dire un mot, il lui a mis son poing sur la figure. Une vraie massue. Le coup est parti tellement vite que le garçon est tombé par terre, assommé. Pete s'est ensuite tourné vers les deux autres en montrant ses poings et leur a dit : « Si vous en voulez, j'en ai encore en réserve. *Bastards* ! ». Les deux autres garçons ont réveillé le grand type qui paraissait pas mal amoché et ils sont repartis sans rien dire.

Pete m'a dit qu'il était temps de s'en aller. Il m'a pris par la main et nous sommes sortis du parc. Il était toujours en colère et il marchait très vite. Je lui ai fait comprendre par signes que je ne savais pas pourquoi il avait fait cela. Il a dit :

— Peggy, jamais personne ne te manquera de respect. Tu ne dois jamais accepter que l'on te manque de respect. Tu comprends ?

Je ne comprenais pas vraiment. Qu'est-ce que ça veut dire me « manquer de respect » ? En tout cas, Pete n'avait pas l'air content de ce que les garçons m'avaient dit. Et s'il n'était pas content, c'était peut-être parce que les garçons avaient des « penchants mauvais », comme le dirait Rose. J'ai fait confiance à Pete là-dessus. Pourquoi l'a-t-il frappé, le garçon ? C'est vrai qu'il a du caractère, mon Pete. Rose disait toujours que Pete « avait du caractère ». Ça voulait dire qu'il se choquait souvent ou bien qu'il faisait souvent à sa tête. Je ne sais plus. Mais moi, je ne trouve pas que c'est une bonne façon d'aider ces garçons à retrouver la voie juste. Il y a sûrement d'autres façons. J'en suis certaine. Rose disait que lorsque quelqu'un te frappe sur une joue, tu tends l'autre joue. Mais là, les garçons ne m'avaient pas frappé sur la joue. Alors, que faire ? En tout cas !

Oui, mon Pete, il a du caractère. C'est vrai. Mais il est aussi un peu tête folle. Je me souviens d'une rencontre entre lui, papa et maman. C'était dans le grand salon. J'étais assise dans mon coin sans faire de bruit. Je me berçais sur ma chaise berçante, comme toujours. Pete venait de moins en moins souvent nous voir. Je m'ennuyais bien de lui. Cette fois-là, il était venu s'asseoir en face de papa et de maman dans le salon. C'était rare, parce que la plupart du temps, il venait dans la cuisine ou la salle à manger. Avant de s'asseoir, il était venu m'embrasser sur la joue et me flatter les cheveux. Il ne me prenait jamais dans ses bras, car il savait que je n'aimais pas cela. Il y a seulement maman et Rose qui peuvent le faire.

Papa parlait moins, comme d'habitude, mais maman était très en colère après Pete. C'était il n'y a pas si longtemps que cela. Pete travaillait depuis quelque temps dans le bureau de papa et de son oncle Kenny. C'est une « *big business* », comme le disait papa. Très *big* ! Les bureaux étaient installés dans les trois étages les plus élevés d'un nouvel édifice tout en hauteur au centre-ville de Montréal. J'y suis allé une fois ou deux. C'était grand et très haut. Il fallait prendre un ascenseur pour monter au bureau. Par l'escalier, c'était trop haut. J'aimais cela, prendre l'ascenseur. Quand on descend, ça fait comme sur une balançoire. J'aimais cela.

En tout cas, il y a eu une grosse dispute ce jour-là. Je n'ai pas tout compris, mais il semblait que c'était une question de gros sous.

— Voyons Pierre. Qu'est-ce que tu as fait avec l'argent des actions que ton père t'a donné ?

— Papa me l'a donné cet argent, non ? Ce n'est pas vrai, papa ?

— Oui, bien sûr. C'est à toi. Mais je ne t'ai pas donné ces actions pour que tu les revendes aussitôt et que tu places l'argent dans des fonds spéculatifs.

— Pourquoi pas ? C'est à moi. Tu me les as donnés.

— Je te l'ai donné pour que tu sentes que tu appartiens dorénavant à notre *business*. Plus tard…

— Plus tard... Plus tard... C'est trop tard, plus tard. Moi, je veux tout avoir maintenant. Et ce n'est pas en attendant que tu me laisses la place que je pourrai faire mon chemin.

— Qu'est-ce que tu vas faire si tu ne veux pas rester dans la *business*.

— Je ne sais pas encore. Mais quand j'aurai plus d'argent, je trouverai.

— Mais tu as tout investi là-dedans. Que feras-tu en cas de pépin ?

— En cas de pépin... en cas de pépin... T'es bien trop prudent... Il faut avancer, papa, et vite. On n'a pas le temps d'attendre. Les temps changent, tu sais.

— Mais tu as presque tout investi dans des fonds à haut risque, a répondu maman. Tu as même emprunté sur marge. Ça, c'est Kenny qui t'a mis ça en tête.

— Ben oui. C'est oncle Kenny. Il s'y connaît en affaires. Il s'y connaît en Bourse.

— C'est certain, a répliqué maman, il s'y connaît tellement qu'il n'a jamais mis un sou en Bourse. Lui, il ne place jamais son argent dans des fonds comme ceux-là.

— Mais c'est l'avenir, maman. Tu ne vois donc pas que l'argent coule à flots pour ceux qui savent prendre des risques.

— Ouais, mais toi, tu ne sais pas ce qui arrive aux têtes folles quand ils prennent une débarque. T'es trop jeune pour le savoir.

— Je sens que tu vas me le dire…

— Tu ne perdras pas seulement ton argent. Tu vas perdre ta copine (au fait est-ce qu'il y en a une nouvelle ?). Tu vas perdre la maison que tu viens d'acheter à prix d'or, ton automobile, tout ce qui te rend la vie plus facile. Tes amis vont te tourner le dos. Tu n'auras plus rien. Tu seras obligé de revenir vivre avec nous, dépendre de nous.

— Ça, n'y compte pas ! Je ne reviendrai pas ici. Je veux faire ma vie ailleurs, aux *States* peut-être. Non, je ne reviendrai pas ici.

— Qu'est-ce que tu as contre le manoir?

— Je ne veux pas vivre comme vous. Vous ne prenez jamais de risques. Vous êtes confortables dans vos vieux meubles, vos vieilles affaires. Vous attendez de mourir. Non, je ne veux pas vivre comme ça.

— Ah ! Pierre. Qu'est-ce que nous t'avons fait pour que tu nous rejettes ainsi ?

— Je ne vous rejette pas. Ce n'est pas ce que je dis. Vous avez votre façon de vivre. Mais ce ne sera pas la mienne.

— Mais tu as été heureux avec nous. Nous t'aimons.

— Comprenez-moi bien ! Moi aussi je vous aime. Vous avez été de bons parents. Justement, c'est pour ça que je ne veux pas vous décevoir. C'est pour cela qu'il me faut prendre mon envol tout seul, ailleurs.

« Prendre son envol ». C'est sans doute pour cela que Peter a voulu s'envoler par la fenêtre. Il voulait faire tout seul son chemin. Pourquoi ? Il savait pourtant que papa et maman seraient toujours

52

là pour lui. Il n'était pas nécessaire de prendre des risques, comme il le disait. Qu'est-ce qu'il cherchait à faire, mon Pete ? Qu'est-ce qu'il cherchait ?

Maintenant, il n'est plus là pour me protéger. Il n'est plus là et je m'en ennuie beaucoup. Rose disait que quand les gens qu'on aime ne sont plus là parce qu'ils sont morts, on peut toujours leur parler. Ils sont présents près de Jésus au ciel. De là, ils peuvent continuer à nous aimer. Ils ne peuvent peut-être plus nous parler, on ne peut plus les voir non plus, mais ils continuent à nous aimer. Peut-être même mieux. Mon Pete, je sais que tu m'aimes beaucoup, je le sais. Alors j'espère que tu peux continuer à m'aimer de là où tu es. Je l'espère de tout mon cœur, mon Pete.

CHAPITRE 3 : Quitter le manoir

Maman... Maman... Qu'est-ce qu'il y a maman... qu'est-ce qui se passe ? Pourquoi elle m'a fait sortir du salon ?

Cela est arrivé pas longtemps avant que nous partions du manoir. Maman a reçu des policiers dans le salon. Papa n'était pas là. Il était loin en voyage. Maman m'a fait sortir et elle a fermé la porte. Je suis quand même restée derrière pour écouter. Elle ne le savait pas, mais j'ai écouté. Je n'ai pas tout saisi parce que la porte était très épaisse. Un des policiers disait :

— ... ouvert la fenêtre... tombé... ... personne n'a rien pu faire...

Puis maman a lancé un grand cri. Jamais je ne l'avais entendu crier ainsi. Il lui arrivait de parler très fort lorsqu'elle était énervée ou en colère, mais crier ainsi, jamais. J'ai eu peur et je suis entrée pour voir ce qui se passait. Peut-être qu'on lui faisait mal ? Les deux policiers étaient debout devant elle. Ils avaient enlevé leur casquette et regardaient maman d'un air sérieux. Maman, elle était effondrée sur le grand fauteuil, la face dans les mains. Elle, toujours si droite d'habitude, toujours si fière, elle était presque pliée en deux. Ses épaules sautillaient.

Je ne savais pas ce qu'elle avait. Je me suis approchée d'elle tout doucement et me suis assise tout près. Lorsqu'elle a senti que j'étais là, elle a enlevé les mains de son visage. Et là, j'ai vu qu'elle pleurait. Elle pleurait tellement qu'elle ne se ressemblait plus. Son visage était tout couvert de larmes. J'étais très triste et j'ai commencé moi-même à pleurer tout doucement. Lorsque maman a vu cela, elle m'a prise dans ses bras comme elle ne l'avait jamais fait. Elle m'a serré très fort en sanglotant. Je me suis laissé faire, sans trop savoir comment réagir. Je lui ai donné quelques petites tapes dans le dos, comme Rose le faisait parfois lorsqu'elle voulait me consoler. Cela a duré quelque temps.

Aujourd'hui, je comprends mieux. Ce jour-là, maman venait d'apprendre que Pete s'était envolé. Mais personne alors ne m'a rien dit, surtout pas maman. Ils ont continué à discuter ensuite, après que maman m'ait demandé d'aller voir Rose. Avant de sortir, je me suis retournée pour la regarder une dernière fois. Elle avait changé de visage. Maintenant, elle ne pleurait plus. Son expression était devenue dure, très dure. Ses yeux bruns lançaient des éclairs. Elle n'était plus triste, mais en colère. C'était son visage de colère. Une colère noire.

C'est à partir de ce moment-là que les choses ont commencé à devenir difficiles pour la famille. Très difficiles. Et je ne pouvais rien faire, sauf prier le doux Jésus de nous aider, de nous rendre heureux de nouveau. Je ne pouvais rien faire de plus. Les jours suivants, tous les domestiques étaient tristes. Rose aussi était triste. Elle a beaucoup pleuré. Et lorsqu'elle était triste, elle reprenait sa Bible.

Nous nous sommes souvent assis ensemble à cette période et elle m'a lu beaucoup d'extraits. Que je me rappelle ? Ah oui, celui que je préférais était celui-ci : « *Heureux les pauvres en esprit, car le Royaume des Cieux est à eux. Heureux les doux, car ils recevront la terre en héritage. Heureux les affligés, car ils seront consolés* ». Oui, j'aimais bien cette dernière phrase : « *Heureux les affligés, car ils seront consolés* ». Rose m'avait expliqué que le mot « affligé » voulait dire « ceux qui ont de la peine ». Depuis, je me la suis répétée souvent dans ma tête, cette phrase. Jésus, mon doux

Jésus, est là aussi pour nous consoler. Rose disait que Jésus ne nous lâche jamais, parce qu'il nous aime. Il est toujours présent pour nous. C'est pourquoi il faut toujours le prier de nous venir en aide.

Après la visite des policiers, rien n'a plus été pareil. Quand papa est revenu de voyage et qu'il a appris la nouvelle, lui aussi a beaucoup pleuré. Il se cachait dans son bureau ; je l'entendais sangloter à travers la porte. Il est venu beaucoup de gens pour consoler papa et maman. La famille bien sûr : mes tantes Phonsine, Jeanne et même Charlotte. Loulou était là très souvent aussi pour soutenir maman. Il y avait beaucoup de gens que je ne connaissais pas. C'était des clients ou des employés de papa ou encore des voisins riches. Ils étaient habillés en noir et semblaient très tristes. Mais moi, je savais que ce n'était pas vrai. Je le voyais bien. Dès que papa et maman ne les regardaient pas, ils parlaient entre eux en riant. Ils n'étaient pas tristes.

À cette époque-là, je ne comprenais pas vraiment pourquoi tout le monde avait de la peine. Je sentais bien qu'il se passait quelque chose d'important, mais je ne comprenais pas. J'étais seulement triste parce que tout le monde était triste.

Une fois, oncle Kenny est venu voir papa et maman. D'ailleurs, c'est seulement lui de la famille de papa qui s'était déplacé. Grand-mère n'est même pas venue. Papa a dit à maman qu'elle était trop malade pour se déplacer. Maman lui avait répondu : « La vieille chipie, elle ment comme elle respire ».

En tout cas, il aurait aussi été préférable qu'oncle Kenny ne vienne pas non plus, car il y a eu toute une chicane lorsqu'il était là. Je n'ai pas su de quoi il s'agissait, car maman, papa et lui parlaient en anglais. Mais c'était une discussion très forte. Maman était déchaînée. Elle lui montrait son poing sous le nez en lui lançant je ne sais pas quoi comme insulte. Oncle Kenny essayait de se défendre comme il pouvait, mais cela n'arrêtait pas maman. Papa ne disait rien. Il regardait passer les paroles comme il le faisait quand il observait une partie de tennis. Il ne disait rien. Il était tellement triste qu'il ne pouvait rien dire.

Il paraît que par la suite, il y a eu les funérailles et l'enterrement. Évidemment, je n'étais au courant de rien ; on ne m'avait rien dit. C'est aujourd'hui que je comprends. Papa et maman sont partis un jour habillés tout en noir dans l'une des automobiles. Rose m'a gardé pendant le temps où ils n'étaient pas là. Elle pleurait encore souvent, Rose, mais elle essayait de se retenir lorsqu'elle était avec moi.

Quand ils sont revenus, ils n'ont même pas pris le temps de se changer. Assis tous les deux dans le salon, ils ne disaient rien ni l'un ni l'autre. Quand je suis entrée, ils ont dit de venir s'asseoir près d'eux. Maman m'a encore pris dans ses bras et papa m'a caressé les cheveux comme il faisait toujours. Je me suis levé et me suis assise sur ma chaise berçante et j'ai commencé à me bercer en me regardant les doigts. C'est toujours comme cela que je fais lorsque je veux que l'on m'oublie. Ainsi, je peux écouter tout ce qui se dit sans qu'on s'occupe de moi. Papa a dit :

— La cérémonie était belle. Il n'y a pas à dire, les catholiques romains savent y faire.

— Tous ces hypocrites qui font semblant d'être tristes. Ça me désole.

— Même ma mère est venue.

— La vieille chipie !

— Ah, Ida, tu ne vas pas revenir là-dessus.

— Mais Bruce, tu ne te rappelles pas comment tu t'es battu pour moi. T'as perdu de vue la façon dont ils me traitaient : la petite secrétaire canadienne-française élevée dans la bouse de vache qui voulait accrocher un mari riche.

Et là, papa a regardé maman avec beaucoup de tendresse. Il lui a pris la main et lui a dit.

—… Et je ne l'ai jamais regretté. Jamais. C'était la première fois dans ma vie que je tenais tête à mon père. Je n'avais jamais osé le faire avant. Mais là, c'était trop. J'étais majeur… et je t'aimais à la folie…

Papa a de nouveau regardé maman avec tendresse.

— Je t'aime toujours à la folie…. Comme depuis le début, lorsque j'ai eu le coup de foudre en te voyant pour la première fois dans ta belle petite robe d'été. Quelle beauté tu étais… et que tu es toujours !

Maman l'a alors pris dans ses bras en pleurant et l'a embrassé sur la bouche.

— Moi aussi, mon Bruce, moi aussi je t'aime comme au premier jour.

Puis, elle s'est replacée à côté toujours en lui prenant la main.

— Si ton père en est revenu et a fini par accepter, ta mère, la vieille chipie, ce collet monté, elle m'en a toujours voulu.

— C'est surtout parce que tu lui as volé son fils préféré.

— Elle m'en voudra encore dans sa tombe…

C'est à partir de cette période-là que les choses se sont mises à mal aller. À cette période-là, il y a eu plusieurs conversations à table entre maman et papa. Évidemment, j'étais là, mais ils ne s'occupaient pas de moi lorsqu'ils parlaient de choses sérieuses. Ils faisaient seulement attention de ne pas élever la voix pour ne pas me faire peur. Je me souviens d'une fois en particulier... je me souviens toujours de tout...

— Tu sais, Ida, la crise commence à nous faire mal.

— Je sais, Bruce, je sais. Nos ventes diminuent de façon importante. Les gens perdent leur emploi en masse. Ils n'achètent plus.

— Ils vont quand même toujours avoir besoin de vêtements, non ?

— Sans doute. Mais ils gardent leurs vieilles guenilles en attendant des jours meilleurs. Et je suis bien pessimiste sur les jours meilleurs. Je pense que cette crise va être longue.

— Ça me fait de la peine de le dire, mais il va falloir nous aussi mettre à pied des employés et fermer des magasins. Les temps vont être très durs.

— Nous aussi, nous devons couper dans les dépenses. Il ne nous reste pas beaucoup de marges de manœuvre. Si tu n'avais pas, toi aussi, englouti une partie de nos épargnes dans ces maudits fonds spéculatifs, nous n'en serions pas là aujourd'hui.

— Je sais, Ida, je n'ai pas été prudent. J'ai fait comme tout le monde en pensant bien faire.

— C'est ce qui arrive quand on en veut toujours plus. En avions-nous vraiment besoin de plus ? C'est justement son avidité qui a perdu Peter. Je l'avais prévenu pourtant. Tu te rappelles. Je l'avais prévenu.

— Oui, je sais.

— Il a tout perdu. Tout. Tout est parti en fumée en l'espace de quelques heures.

— Il n'a pas été capable de se reprendre, pauvre Peter. Il n'était pas prêt à repartir de zéro. Il n'a pas réfléchi aux conséquences de ses actes.

— Ni à l'effet que cela aurait sur nous. Tout ça, c'est à cause de ce maudit Kenny.

— Tu lui en mets pas mal sur le dos.

— Tu trouves ? Qu'est-ce que tu penses qu'il est en train de faire ? Il tire avantage de la situation. Peter parti, il y a un actionnaire potentiel de moins, un futur actionnaire bien plus coriace que toi.

— C'est une affaire de famille, ne l'oublie pas. Il a autant de droit que moi de diriger la *business*.

— Peut-être, mais il en veut toujours plus. Je trouve que cela tombe à pic, le…

Maman m'a lancé un coup d'œil. Moi, je faisais semblant de jouer avec la nourriture.

—… le départ de Peter… bien à pic… pour lui…

— Que veux-tu dire ?

— Voilà arrivé dans la *business* un jeune loup ambitieux comme lui. Kenny sait que tôt ou tard, il aura à se confronter à lui. Il le manipule pour qu'il perde tout ce qu'il a. Et il réussit à s'en débarrasser.

— Tu exagères là ! Kenny ne pouvait pas savoir que la crise serait si brutale, que tous les épargnants perdraient leurs avoirs tous en même temps.

— Non, il ne pouvait pas le savoir, c'est vrai. Mais tu connais son pouvoir de séduction, celui du diable bien sûr. Il a joué de son pouvoir auprès de Peter. Je ne m'étonnerais pas qu'il lui ait murmuré à l'oreille des paroles qui l'ont poussé à faire ce qu'il a fait.

—...

— ... Peut-être l'a-t-il même aidé en lui donnant une petite poussée...

– Ida, qu'est-ce que tu dis là ? C'est une très grave accusation. Kenny, c'était son oncle. C'est la famille. Il ne faudrait pas que tu dises cela en public.

— Je me gênerais peut-être. Kenny est un être malveillant. Il est capable de tout. C'est le diable, c'est Méphistophélès. Et je te préviens à ton tour. Fais attention à lui. Fais bien attention !

Je me souviens très bien de ce nom difficile que maman donnait à oncle Kenny : « Méphistophélès ». Heureusement que je n'ai pas à le dire à voix haute. J'en serais incapable. « Méphistophélès », c'est un autre nom pour le diable. Rose m'en a souvent parlé, du diable. Elle m'a dit que c'était un être méchant qui cherche toujours à nous tendre des pièges pour nous sortir de la voie juste. Il n'a pas aimé que le doux Jésus vienne sur terre pour

62

nous montrer qu'il y a une voie juste, un « Royaume de Dieu » comme Il dit. Lui, le diable, son royaume, c'est celui des ténèbres, du péché. Le diable, il aime toutes les méchancetés que chacun peut faire à d'autres. Il les pousse à en faire plus, toujours plus. Mais Jésus, lui, il essaie de les empêcher par son amour. Et le diable ne veut pas ça. Pas du tout.

C'est à partir de cette période-là que les choses se sont mises à mal aller.

Je ne sais plus combien de temps il s'est passé après les funérailles. Ça ne faisait vraiment pas longtemps. Je me promenais dans le manoir, comme d'habitude. Je venais d'aller voir Germaine qui, comme d'habitude, m'avait dit de ne pas la déranger. Ensuite, j'allais toujours voir papa dans son bureau, sachant très bien pourtant que la porte serait fermée, mais j'y allais quand même. J'ai approché mon oreille à la porte, comme d'habitude, pour entendre ce qui se passait. Il arrivait souvent à papa de parler au téléphone, toujours en anglais. Je ne comprenais jamais rien, mais j'aimais entendre le son de sa voix.

Cette fois-là, c'était différent. Je n'entendais pas sa voix, mais un souffle bizarre, comme s'il respirait très fort, très fort. Je n'ai pas trouvé cela normal. Pas du tout. J'ai hésité avant d'entrer, car je savais que papa n'aimait pas cela. Je suis entrée quand même. Et là je l'ai vu par terre, il respirait très fort et très bizarrement. Je me suis approché. Il avait le visage aussi très bizarre : la moitié était comme tombée. Quand il m'a vue, il m'a parlé, mais je ne comprenais pas. Il disait des mots en anglais, très saccadés. Finalement, j'ai entendu « *doctor... doctor...* ».

Là, je me suis mise à crier et j'ai couru vers maman qui était dans le jardin d'hiver. Elle est tout de suite accourue vers moi : « Qu'est-ce qui se passe mon bébé ? Qu'est-ce qu'il y a ? » Je l'ai prise par la main et je l'ai tirée très vite vers le bureau de papa.

Lorsqu'elle a vu papa par terre, elle a crié « Non... Non... Non... » Elle a appelé l'ambulance. Le temps que celle-ci arrive avec sa sirène très forte que je me suis bouchée les oreilles, maman s'est assise par terre et a pris papa dans ses bras, comme ça. Cela m'a fait drôle parce les deux ressemblaient à une image que j'avais déjà vue dans un livre, une image, c'est maman qui me l'a dit, qui montrait la Sainte Vierge tenant le doux Jésus dans ses bras après qu'il soit descendu de la croix. C'était une belle image malgré la tristesse du moment. Maman, elle le tenait de la même façon et lui flattait les cheveux en le berçant.

Plus tard, papa est revenu à la maison. Il n'était plus pareil. Plus du tout. Il ne riait plus, lui qui riait si souvent et qui faisait si souvent des blagues. La moitié du visage s'était figé par en bas ; il était en fauteuil roulant. Quand il se levait, c'était avec l'aide de Patty, l'infirmière, une grosse femme très forte. Elle parlait fort aussi, et d'une drôle de façon, comme si papa était un bébé. Je n'étais plus la seule à qui on parlait en bébé. Papa aussi. C'est elle qui allait le coucher dans l'une des chambres d'ami, parce que papa n'allait plus jamais dans la chambre avec maman.

Puis un beau jour, maman a réuni tous les domestiques, le jardinier, les femmes de chambre, et elle leur a dit qu'elle ne pouvait plus les garder. Tout le monde a bien pleuré. Maman a dû les consoler. Ils nous aimaient bien, les domestiques. Maman disait qu'ils étaient bien traités chez nous, au contraire des autres riches. Mais elles ne pouvaient plus les garder. Je ne savais pas pourquoi elle disait cela à ce moment-là. J'ai compris après. Cela avait commencé avec une conversation à table avec papa. Lui, il était malade, mais il recommençait à parler un peu, avec difficulté, mais quand même, un peu.

— Tu sais, Bruce, il faudra se défaire de nos domestiques, j'ai fait les comptes et nous n'y arrivons pas.

— … s'il… le… faut…

— Et ce n'est pas tout. Kenny est en train de magouiller pour te faire perdre le contrôle de la compagnie. Je te disais qu'il était le diable en personne.

— … Pas possible…

— Mais oui, c'est possible. Tout autre que ton cher frère nous aurait aidés dans les circonstances, étant donné ta maladie, étant donné ce qui est arrivé à Peter… Mais lui profite plutôt de l'occasion pour continuer à s'enrichir sur ton dos. Il réunira bientôt le Conseil d'administration sans toi. Tu le savais ça ?

— Non… Quand ?

— Dans quelques semaines. Il l'a convoqué lorsqu'il a compris que tu ne pourrais plus revenir travailler. Il te fera éjecter comme un malpropre, sans compensation, rien.

— … Peut pas faire ça… faut… je signe..

— Il n'a pas eu besoin de cela. Il t'a fait déclarer inapte par la cour.

— … Non…

— Eh oui ! Il a quelques juges dans sa poche, comme tu le sais. Cela n'a pas pris de temps qu'il a débarrassé ton bureau. Il a accaparé toutes les actions que tu possédais. Tu savais que le testament de ton père était rédigé de cette façon, toi ?

— … Oui… mais…

— Il semble que si l'un des deux mourait ou devenait inapte, toutes les actions revenaient à l'autre. Tu le savais ?

— Oui, mais… pas penser que…

— Pourtant, il l'a fait. Et cela n'a pas tardé.

— Et maintenant…

— Pour le moment, il ne nous reste plus beaucoup de marge de manœuvre. Notre épargne a disparu dans la crise et Kenny n'a rien voulu nous laisser sous prétexte que les temps sont durs et que la *business* va très mal.

—… Ça veut dire… quoi?...

Là, maman a arrêté de parler. Pour une rare fois, elle cherchait ses mots. Elle ne semblait plus savoir quoi dire. Elle a regardé longuement papa avant d'ajouter.

—… Il va falloir vendre le manoir et tout le reste pour payer nos dettes…

— Le manoir ?... où… aller ?

—.. Je ne sais pas mon Bruce… je ne sais pas… mais nous n'avons plus le choix. Nous sommes pris à la gorge. J'ai libéré les domestiques hier. Ils partiront bientôt… Pour le moment, j'ai pu garder Patty, mais pas pour longtemps. Elle sait que je ne peux plus la payer.

À ce moment-là, des larmes ont coulé sur les joues de papa, des larmes silencieuses. Maman s'est levée et s'est approchée de lui. Elle a essuyé les larmes avec son mouchoir, a mis les bras autour de son cou et lui a parlé très proche du visage, tout doucement.

— Ne t'en fais pas, mon Bruce. Ne t'en fais pas. Nous allons nous débrouiller.

— … Ma faute…

— Mais non ! Qu'est-ce que tu dis-là ?

— Oui… ma faute…

Des larmes ont recommencé à couler sur ses joues. Il a essayé de prendre maman par la taille de son seul bras valide, mais il n'a pas pu et le bras est retombé sur le fauteuil. Pauvre papa ! C'était très dur de le voir ainsi. Lui qui avait toujours été très vivant et de bonne humeur. Il n'était plus… plus… lui-même. J'ai compris qu'il ne pourrait plus m'aider non plus. Et moi, la « demeurée » que j'étais, je ne pouvais pas non plus l'aider. Tout ce que je pouvais faire, c'était de prier le doux Jésus afin qu'il lui vienne en aide, car il « vient en aide aux affligés » comme le dit la Bible de Rose.

— Voyons Bruce, tu es malade. Ce n'est quand même pas ta faute si tu es malade.

Papa a tenté de nouveau le bras, mais il est retombé sur le bras du fauteuil.

—… Peux rien faire… Tu vois ?

— Je le sais bien que tu ne peux rien faire. Que veux-tu : c'est la fatalité. Et s'il fallait trouver un coupable, on sait qui ce serait : ce salaud qui a tout fait pour nous faire tomber. Tu lui as trop fait confiance.

— C'est… mon petit frère…

— Oui, je sais. Mais regarde comment il nous traite maintenant. C'est un ambitieux, un vicieux, un dépravé. Mais je te dis qu'il ne s'en sortira pas comme ça. Je te le jure.

—… Quoi… faire ?

— Je ne sais pas encore, mais il nous reste quelques relations. Je vais tenter de les faire jouer.

— … ne servira à rien.

— Pas pour le moment, c'est certain. Il faudra dire adieu à tout ce que nous avons.

— … Ta biblio… o… thèque… ton jardin… d'hiver… pauvre Ida.

— Ah, Bruce, arrête de dire cela. Je t'ai toujours, toi…

Je ne sais pas si maman pensait ce qu'elle disait à ce moment-là. Peut-être qu'elle voulait réellement qu'il reste près de lui. Mais une chose est certaine, aujourd'hui papa n'est plus avec nous.

Après qu'elle ait dit qu'elle avait toujours papa avec elle, elle a tourné la tête vers moi qui jouais avec ma nourriture. Je faisais semblant de ne pas écouter.

— Et j'ai toujours mon bébé, ma Peggy. Hein Peggy !

Je l'ai regardée avec mon plus beau sourire, mais j'étais tellement triste en dedans de moi. Je savais qu'il fallait partir du manoir, qu'il fallait quitter le grand jardin, le grand arbre, la croix sur la montagne, les petits animaux. J'étais tellement triste. Je ne

68

pourrais plus aller m'asseoir avec maman dans sa bibliothèque ou l'accompagner dans son jardin d'hiver. Je ne pourrais plus écouter à la porte du bureau de papa.

De plus, je ne sais pas si maman tiendra sa promesse de me garder auprès d'elle. C'est très difficile maintenant pour elle dans la petite bicoque. Très difficile. Je le vois bien. Elle travaille tout le temps pour payer le loyer et mettre un peu de nourriture sur la table. Elle est très fatiguée. Cela n'arrive pas souvent, mais elle se dit parfois à elle-même, lorsqu'elle croit que je ne l'entends pas : « Je suis à bout ». Je ne sais pas si elle réussira à me garder longtemps avec elle. Ce serait peut-être mieux que je parte, que je m'éloigne d'elle. Mais je ne sais pas comment faire. Elle serait moins fatiguée sans moi.

Je l'aime tellement, ma maman. Je serais prête à faire tout ce que je peux pour qu'elle soit moins malheureuse. Rose disait que le doux Jésus prend soin de nous comme un berger prend soin de ses brebis. Je me rappelle une phrase qui m'avait bien frappée. Le doux Jésus disait : « Moi, je suis le Berger, le bon berger. Le berger, le bon berger, livre sa vie pour ses brebis ». Rose m'a expliqué que Jésus, il est prêt à donner sa vie pour ceux qu'il aime. Je serais bien prête moi aussi à donner ma vie pour que maman soit moins malheureuse. Mais moi, je ne suis pas le doux Jésus, je ne sais rien faire d'autre que de regarder maman être triste et malheureuse. Je ne sais rien faire d'autre.

Peu de temps après cette conversation à table, ils sont venus.

Quand ils sont venus, j'étais très énervée. Je ne savais plus où me mettre. Il y avait de gros camions dehors et de gros messieurs qui sortaient les meubles, décrochaient les cadres sur les murs, roulaient les beaux tapis de Perse. Maman ne pouvait rien faire. Elle était là, à côté de papa dans son fauteuil. Il y avait dans son regard non pas de la tristesse, comme je le pensais, mais de la

69

colère. Une colère noire. Je ne savais pas ce qu'elle avait en tête. Nous étions seuls. Les domestiques n'étaient plus avec nous depuis quelque temps. Il restait encore Patty et Rose qui me tenait par la main. J'étais très énervée et elle le savait. Alors elle voulait me rassurer. Mais elle-même ne l'était pas, rassurée. Cela, je le savais.

Pendant que les gros messieurs continuaient leur travail, maman est allée dans le jardin d'hiver. Je l'ai suivie pendant que Rose et Patty restaient avec papa. Maman a fait le tour de ses fleurs dont certaines commençaient à faner. Elle en touchait quelques-unes, ajoutait du fertilisant à d'autres, enlevait celles qui étaient tombées. J'ai vu sur son visage un air que je ne lui connaissais pas. On aurait dit qu'elle revenait très loin en arrière dans sa tête, si loin qu'elle n'était plus là, qu'elle n'était plus avec moi, avec nous.

Puis, elle s'est approchée des orchidées qu'elle aimait tant. Elles étaient belles ces orchidées, avec une si jolie couleur violette, un peu de blanc et une petite pointe de jaune au milieu. Dans un autre beau vase à côté des orchidées, il y en avait une autre, juste une, la plus belle de toutes. Pourquoi y en avait-il juste une ? Quand j'avais demandé un jour à maman, par un signe en pointant un seul doigt en l'air et en montrant l'orchidée, maman avait compris que je le lui demandais pourquoi, alors qu'il y avait plein d'autres fleurs, cette orchidée était toute seule. Alors, elle m'avait expliqué :

— Tu sais ma Peggy, c'est vrai que toutes les fleurs sont belles et qu'elles méritent toute notre attention. Mais cette orchidée, elle est spéciale. Elle a besoin de beaucoup d'entretien, de toutes sortes, parce que c'est une fleur exotique. « Exotique », ça veut dire qu'elle vient de pays lointains où elle vit à l'état sauvage. Quand on essaie de la transplanter ailleurs, dans un autre pays, dans un autre paysage, elle se referme et disparaît. Une orchidée, il faut la comprendre et surtout l'aimer très fort si on veut la garder.

Maman a regardé son orchidée longtemps, longtemps. Je lui ai demandé par signe si on l'emportait avec nous.

— Non Peggy. Nous ne pouvons pas l'emporter. Elle ne résisterait pas au transport et surtout à sa nouvelle maison.

J'ai bien vu que maman était triste. Je l'étais aussi, surtout pour elle. Alors, j'ai compris que l'orchidée allait faner et disparaître et qu'elle ne mettrait plus jamais de gaîté dans le cœur de maman.

***

Quand nous sommes arrivés dans la petite bicoque, il a fallu se « relever les manches » comme le disait maman. C'était drôle ça, parce que je ne l'ai jamais vue nettoyer la bicoque avec ses manches relevées. Elle avait plutôt un grand tablier qui lui couvrait une bonne partie du corps. Je l'ai vue souvent par la suite avec ce tablier qu'elle n'avait jamais porté auparavant.

Ma tante Jeanne et Loulou sont venues l'aider. Elles en ont frotté un coup, parce que ce n'était pas très propre. Elles ont lavé le prélart usé du plancher. Il penchait tellement que lorsqu'on mettait de l'eau dessus, elle coulait tout de suite sur un côté. Ensuite, elles ont peint les murs avec de la peinture que le propriétaire avait fournie. Ce n'était pas de la belle peinture, mais elle « faisait propre », comme tante Jeanne disait.

Les fenêtres ont été nettoyées. Les joints ont été remplacés par du mastic. C'est comme ça que ça s'appelle, du mastic. Là, maman a dit en riant.

— Heureusement qu'il n'y a pas de cochon ici.

Tante Jeanne et elles ont bien ri. Loulou ne savait pas de quoi elles parlaient. Maman lui a alors raconté.

— C'est vrai, tu ne viens pas de notre coin de pays, toi. Nous avions une expression dans le canton pour parler des fermiers plus pauvres que nous. Nous disions que chez eux, les cochons montaient dans les vitres pour manger le mastic.

Elles ont bien ri toutes les trois. C'était bien de les voir rire ainsi, même si notre situation n'était pas si drôle que ça.

Le poêle à bois, ils ne l'ont pas décrassé parce qu'il était déjà tout noir sur le dessus, comme le gros tuyau qui passait dans le plafond. Tante Jeanne a dit que le poêle lui rappelait des souvenirs de la ferme.

— Au moins, tu pourras te faire des bonnes toasts le matin sur ton beau poêle Bélanger.

Puis, toutes les trois ont ri aux éclats. Je n'ai pas trop compris pourquoi.

Elle n'est vraiment pas grande cette bicoque : un espace où il y a le poêle sur un côté et un comptoir de l'autre. On peut mettre une petite table avec des chaises, puis dans l'autre coin, on a mis un fauteuil à deux que je n'avais jamais vu avant. Il paraît que c'est quelqu'un qui nous l'a donné, comme la table et les trois chaises d'ailleurs. Le seul meuble que je reconnaissais était ma chaise berçante. Maman avait refusé catégoriquement de s'en séparer.

Puis, on trouve deux toutes petites chambres avec des lits en fer. C'était tout. J'avais ma chambre avec un petit lit et un petit bureau. Quand j'ai vu la chambre de maman, je me suis demandé où papa allait dormir, car il n'y avait pas de troisième chambre.

Papa, il n'était pas avec nous pour le nettoyage. Évidemment, il ne pouvait rien faire dans son fauteuil roulant.

Lorsque j'ai voulu aller faire pipi la première fois, j'ai été très surprise de voir la salle de bain. En fait, on ne devrait pas appeler cela une salle de bain, parce qu'il n'y a pas de place pour prendre un bain. Seulement un tout petit enclos avec une vieille toilette. Rien de plus. Pas de baignoire, pas d'évier comme dans les quelques salles de bain que nous avions dans le manoir.

Je me suis toute de suite demandée comment j'allais faire pour prendre mon bain. Par la suite, j'ai compris. J'ai vu un écran pliant près du mur du poêle. La première fois que j'ai pris mon bain dans la petite bicoque, maman a passé beaucoup de temps à faire chauffer l'eau sur son beau poêle Bélanger. Il faisait très chaud dans la maison parce qu'il fallait brûler pas mal de charbon. Puis, elle est allée chercher une grande cuvette dans le cagibi à côté de la toilette, l'a remplie d'eau chaude, a fait bien attention à ce que l'eau soit tiède pour ne pas me brûler et a déplié l'écran pour me cacher. C'est comme cela que l'on prend notre bain maintenant. Quand maman a besoin de prendre un bain, elle fait la même chose.

Le nettoyage a pris plusieurs jours. Tante Jeanne et Loulou sont revenues chaque jour pour aider maman. Quand leur travail a été terminé, elles se sont assises toutes les trois autour de la table et se sont mises à jaser autour d'un café. « Jaser », ça veut dire qu'elles parlent de n'importe quoi et autant que possible toutes en même temps. Pour un temps, c'était amusant de les entendre, comme si rien ne s'était passé, comme si nous avions toujours habité la bicoque. Puis — je m'en souviens. Je me souviens de tout —, Loulou a commencé à parler sur un ton plus sérieux.

— Ce n'est quand même pas possible ce qui vous arrive, Ida. Pas possible !

Maman a répondu.

— C'est vrai, ça semble incroyable, mais c'est pourtant vrai.

Tante Jeanne a dit.

— Cette maudite crise-là. Elle en aura fait des malheurs.
Personne ne l'avait vu venir. Personne. Heureusement que mon
Charlie travaille encore à la shop Angus. Elle n'est pas prête de
fermer cette shop. Il va toujours falloir des trains pour se
transporter, non ? Mais toi, Ida, qu'est-ce que tu vas faire
maintenant.

— Ah ! J'ai contacté quelques-uns des patrons que nous
engagions pour leur demander de me donner des petits boulots à la
maison.

— C'est vraiment humiliant, ça, a dit Loulou. Demander à
ceux qui étaient vos employés de t'embaucher.

— Tu sais, Loulou, je n'en suis plus là. Il faut que nous
mangions et que nous payions le loyer. Le temps de prendre les
gens de haut n'existe plus.

— Vous n'étiez pas ce genre-là, Bruce et toi. Loin de là. Toi,
tu es toujours restée la même, et Bruce, il était ben correct... Pour
un Anglais...

Les trois sont parties à rire quand Loulou a dit cela. Elle a
continué.

— Vous étiez de bons boss. Vos employés le savaient. Et je
pense qu'ils ont de la peine pour toi... la plupart en tout cas. Il
n'empêche, la vie ne fait pas de cadeau parfois. Maudite crise !

— C'est vrai ce que tu dis. Mais il ne faut pas oublier que si la crise n'était pas prévisible, tout le reste l'était. J'avais prévenu mon Bruce qu'un tel malheur pouvait arriver en voyant comment Kenny manigançait les choses. Ce n'était pas d'hier. Mais tu connais Bruce, c'est un bon gars qui ne voit le mal nulle part, et surtout pas dans sa propre famille.

— Comment se fait-il qu'on ne vous ait rien laissé? Ce n'est pas normal de vous mettre à la rue comme ça, toi, Bruce dans son état... puis la belle Peggy.

Moi, j'étais dans ma chaise berçante et je faisais semblant de regarder un livre d'images. Pour elle, je ne les écoutais pas. Pourtant...

— C'était écrit dans le ciel que Kenny voulait notre peau. Écris dans le ciel, a dit maman.

— Pourquoi? Pourquoi s'acharner ainsi? Il pouvait quand même vous venir en aide, même un peu.

— Parce que Kenny, il n'est pas seulement ambitieux et cupide, il nous en a toujours voulu. Il est jaloux et cruel.

— Il n'est pas le seul là-dedans. Ta belle famille, elle? On le laisse faire?

— Ses sœurs n'ont rien à dire dans les affaires de la famille. Quant à sa mère, elle me déteste cordialement. Elle ne lèvera pas le petit doigt pour moi, c'est certain. Elle a sûrement de la peine pour son Bruce chérie, mais que peut-elle faire dans l'état où il est? Oh! Elle doit pleurer des larmes de crocodile devant ses amis riches. Mais elle ne lèvera pas le petit doigt pour nous aider, j'en suis assurée.

— Qu'est-ce que tu vas faire, Ida ? a dit tante Jeanne. Je te connais. Tu as toujours été la plus forte d'entre nous. Tu es une batailleuse. C'est toi qui nous défendais avec tes poings à l'école de rang, lorsque les garçons nous maltraitaient. C'est toi qui nous défendais quand papa...

À ce moment-là, il y a eu un silence que je n'ai pas compris. Jeanne a arrêté de parler en regardant maman.

— C'est certain que je ne me laisserai pas faire, a continué maman. Je vais me battre, c'est certain. J'ai une couple de cartes dans ma manche...

— Lesquelles ?

— Je pense d'abord appeler Mike. C'est un ami de Bruce de longue date. Il est avocat et connaît bien un ou deux procureurs de la couronne qui n'aiment pas tellement Kenny pour toutes sortes de raison.

— Oui, mais Kenny aussi a le bras long.

— Oui, je sais. Il est capable d'acheter des procureurs et des juges. Mais j'ai aussi une deuxième possibilité. Je pense appeler un journaliste qui nous en doit une, à Bruce et à moi.

— Et alors ?

— Et alors ! Dans l'état actuel de la crise, tout le monde se cherche un bouc émissaire pour ce qui arrive. C'est clair non !

— Que veux-tu dire ?

— Kenny est le bouc émissaire parfait : un riche corrompu qui a mis au chômage des milliers d'employés, mais qui continue à s'enrichir sans mesure sur le dos du pauvre monde. Ça fera une sacrée bonne manchette de journal, non ?

— Et tu penses que cela marchera ?

— J'ai suffisamment d'informations à donner aux journalistes pour qu'un procureur soit obligé d'entreprendre une poursuite pour fraude et corruption si la pression populaire est trop forte. On verra bien comment il s'en sortira, Méphistophélès.

Je n'ai pas tout compris ce que maman disait ou allait faire, mais je savais que c'était sérieux. Maman était en colère. Elle n'allait pas se laisser « manger la laine sur le dos », comme elle le dit parfois. Moi, j'ai confiance en maman. Elle nous défend toujours. Elle ne laissera pas tomber sa famille. Et quand maman est en colère, c'est une colère noire.

CHAPITRE 4 : Papa chez sœur Mathilde

Depuis que nous étions dans la petite bicoque, c'était la première fois que nous prenions le tramway. J'ai beaucoup aimé prendre le tramway. Quand nous sommes entrées par la porte qui grinçait, et après que maman ait donné des sous, nous avons trouvé un banc au fond. Il était fait comme en paille, mais plus gros que la paille. Ce n'était pas tellement confortable. Je me suis assise près de la fenêtre pour regarder dehors. Il faisait froid et la vitre s'embuait tout le temps. Il fallait que je la frotte régulièrement pour voir à l'extérieur.

Souvent, le chauffeur faisait sonner la cloche pour avertir les autos et les piétons que le tramway arrivait. Dring-Dring. Dring-Dring. C'était drôle ! Dring-Dring. Dring-Dring. Quand les gens entraient, ils étaient emmitouflés. On ne voyait qu'une partie du visage. Ils disaient toujours la même chose : « Y fa frette en môdit aujourd'hui ». Le chauffeur ne répondait pas. Parce que s'il avait répondu, il aurait été obligé lui aussi de toujours dire la même chose. Puis, les gens enlevaient leurs mitaines, prenaient quelques pièces de monnaie et les jetaient dans le panier en avant du chauffeur. Les sous faisaient du bruit en dégringolant dans le fond : drelingueling-drelingueling. Le chauffeur regardait si la somme était exacte et appuyait sur un petit levier. Les sous disparaissaient dans une boîte noire. Puis, il offrait un morceau de papier. Maman m'a dit que ça s'appelait un transfert. Nous, nous n'avons pas pris de transfert, même si j'aurais bien voulu. Maman a dit que nous n'en avions pas besoin.

Je voyais défiler les petites maisons tassées les unes sur les autres. C'était normal qu'elles se tassent ainsi : il faisait vraiment froid. Il y avait de la neige aussi. Les rues avaient été nettoyées… à peu près. Les autos circulaient avec difficulté. Le tramway, lui, faisait le fier en roulant sur ses rails d'acier. Quand il roulait, on se faisait brasser de tous les côtés pas à peu près. Mais au moins, nous, on avançait. Rien ne l'arrêtait, sauf les feux et les stops. Les quelques passants qui allaient sur les trottoirs avaient toutes les peines du monde à marcher dans la neige. Pourtant, j'ai vu des hommes qui enlevaient la neige avec de grosses pelles carrées. Mais ils n'avaient pas le temps de tout faire. Il y avait encore beaucoup de neige sur les trottoirs.

À un moment, il a fallu s'arrêter. Il y avait un gros cheval dans la rue qui tirait une plate-forme avec des patins à laquelle étaient attachée une plaque de fer. Le conducteur était debout sur la plate-forme avec son gros manteau de fourrure et son casque de poil. Il tenait les guides et criait à son cheval des choses que je n'entendais pas. Finalement, le cheval et la plate-forme ont été capables de tourner dans l'une des rues de côté et la plaque de fer a poussé la neige sur les côtés. C'était beau de voir cela. À un moment, il y avait plein de neige, et à l'autre, il y avait une surface toute lisse dans la rue.

Le voyage n'était pas très long. Quand nous nous sommes levées, maman m'a dit : « Tu peux tirer sur la corde maintenant ». Une corde courait le long de la paroi. J'ai tiré sur la corde, pas trop fort quand même, pour ne pas la briser. On a entendu le son d'une clochette en avant, un son que le chauffeur a reconnu. Elle avertissait que quelqu'un voulait descendre au prochain arrêt. J'étais si contente ; j'en ai souri de mon plus beau sourire. Maman aussi a souri en me regardant. Nous avons attendu à la porte de derrière. Quand le tramway s'est arrêté et qu'elle s'est ouverte, nous sommes descendues en faisant bien attention. Maman avait bien pris soin de m'entourer la tête d'un gros foulard de laine. Il

80

faisait toujours froid. Ça piquait sur le visage. Mais j'aimais cela. J'aime quand ça pique sur le visage.

Nous n'avions pas long à marcher, mais c'était plutôt pénible. Il fallait enjamber les bancs de neige, puis marcher avec précaution pour ne pas glisser. Nous allions dans une grande rue, plus grande que celle de la petite bicoque. On voyait des vitrines tout éclairées et une quantité d'objets dans les vitrines. Ce n'était pas aussi grand et beau que lorsque nous allions faire les magasins quand nous habitions au manoir. Mais quand même, les couleurs étaient belles.

Puis, nous sommes arrivées en face d'un grand immeuble en brique. Il était très grand, cet immeuble, avec beaucoup des grandes fenêtres à carreaux. Au milieu du grand immeuble, on aurait dit qu'il y en avait un autre, un peu différent, qui s'était fait une place. Sur son toit, on pouvait voir un grand clocher.

Quand nous sommes passées à côté de la grande maison pour nous rendre à l'entrée, il y avait une grande file de messieurs qui attendaient devant une petite porte. Quelque chose était écrit au-dessus, mais je ne savais pas quoi. Les messieurs dansaient des deux pieds et se frappaient les côtés pour se réchauffer. J'ai demandé à maman par signes ce qu'ils faisaient là.

— Ils attendent que la porte ouvre pour aller manger une soupe.

Par signes, je lui ai fait comprendre que je voulais savoir pourquoi ils attendaient là.

— C'est qu'ils n'ont plus rien à manger chez eux. Ils n'ont plus de travail pour avoir des sous et s'acheter à manger.

Je trouvais cela triste qu'ils ne puissent pas se faire à manger chez eux. Ce n'est pas juste. Tout le monde devrait pouvoir manger sans être obligé de faire cela : attendre au froid et geler pour une soupe. Ils ont faim et ils ne peuvent même pas se faire à manger. Je trouvais cela triste.

Nous sommes arrivés à l'entrée principale. C'était vraiment « imposant ». En fait, on se retrouvait devant la grande porte d'une chapelle. Une chapelle, c'est comme une église, mais en plus petit. La porte et les grandes fenêtres se terminaient en pointe sur le dessus. Puis, en se tordant le cou, on voyait un clocher au sommet de l'édifice. Imposant !

Nous ne sommes pas entrées par la grande porte, mais par celle qui était sur le côté. Maman savait où aller. Quand nous sommes arrivés devant un grand panneau avec un grillage, on pouvait voir à l'intérieur une dame habillée des pieds à la tête d'un grand vêtement noir. La seule chose qui ressortait du vêtement, c'était une partie du visage, même pas les cheveux. Tout le reste était caché.

J'avais déjà vu, dans la grande église où nous allions quand nous habitions le manoir, des dames habillées un peu de cette manière, tout en noir. Maman m'avait expliqué que c'était des sœurs, qu'elles consacraient leur vie au Bon Dieu et qu'elles faisaient beaucoup de bien. Quand elles venaient à l'église, elles s'assoyaient toujours ensemble dans les premiers bancs. C'était leurs places réservées. Elles priaient toujours même quand la messe n'était pas commencée. Je les trouvais chanceuses de pouvoir toujours prier le Bon Dieu et de faire du bien. J'aurais aimé, moi aussi, faire comme elles.

En tout cas, la sœur s'est levée. Elle n'était pas très grande. Un immense chapelet pendait à sa ceinture. Ce qui était le plus intrigant, ce n'était pas la cape noire recouvrant ses épaules, mais le truc autour de son visage. D'abord, elle portait un grand bandeau blanc sur le front qui descendait jusqu'aux yeux. On ne voyait même pas ses sourcils. Ensuite un petit cercle blanc entourant son visage allait rejoindre à la gorge une grande collerette, elle aussi toute blanche qui tombait jusqu'au milieu de la poitrine. Juste en dessous, il y avait un crucifix. Il devait être précieux, ce crucifix, car la sœur le tenait avec précaution dans l'une de ses mains.

— Vous désirez ?

— Nous venons rencontrer Sœur Mathilde. Elle nous attend.

La sœur à l'entrée nous a proposé de nous asseoir sur les petites chaises le long du mur. Elle a pris le combiné du téléphone et a signalé plusieurs fois des numéros. C'était long avant qu'elle puisse joindre quelqu'un. Nous l'avons finalement entendue dire dans le combiné.

— Sœur Mathilde. On vous attend au parloir.

Nous avons attendu encore. Pendant ce temps, j'ai pu faire comprendre à maman que je me demandais ce que nous faisions ici. Maman, elle est toujours patiente avec moi, comme Rose l'était. Elle prend le temps de m'expliquer les choses, même si elle croit que je ne comprends pas. Elle est formidable ma maman. Si je lui disais que je comprends presque tout ce que les gens disent, je me demande comment elle serait avec moi. Je ne sais pas ce que cela changerait. Je ne sais pas. Mais en tout cas, ça me fait un peu peur.

— Sœur Mathilde, elle se trouve à être la sœur de ma mère, de ta grand-mère. C'est ma tante, comme Phonsine, Jeanne et Charlotte sont tes tantes à toi.

Je hochais de la tête pour lui signifier que je comprenais et pour l'encourager à continuer.

— Elle est entrée chez les Sœurs de la Providence il y a longtemps déjà. C'est comme cela qu'on appelle sa communauté : les Sœurs de la Providence. Ici c'est le lieu où elles habitent. Du moins dans une partie de l'immeuble, l'autre partie étant consacrée aux démunis, aux malades et aux vieillards nécessiteux.

À ce moment-là, maman a arrêté de parler en regardant le mur d'en face. J'ai attendu qu'elle continue.

— C'est ici que papa est gardé... par les Sœurs de la Providence.

J'étais contente qu'elle me dise cela, parce que je me demandais depuis quelque temps pourquoi on ne voyait plus papa. Il était donc ici, avec les Sœurs de la providence. Des sœurs qui font du bien aux autres. C'était donc correct qu'il soit ici, parce que dans la bicoque, il n'y avait même pas assez de place pour déplacer son fauteuil roulant.

Pauvre Papa ! J'avais bien vu comme il était triste lorsque nous sommes partis du manoir. Je l'ai même vu pleurer lorsque nous avons poussé son fauteuil dehors. Je ne le voyais jamais pleurer avant. Oh ! je sais qu'il le faisait parfois, mais c'était toujours caché dans son bureau. Mais depuis qu'il était malade, il pleurait souvent. Il était toujours si gai avant. Il jouait des tours à Pete, taquinait maman et riait avec moi quand je riais.

Le pire moment, je crois, c'est quand maman lui a annoncé qu'elle devait le placer. Je n'avais pas compris à ce moment-là ce qui se passait. Ce n'était pas clair. Mais j'ai su que ce ne serait pas très joyeux pour lui. Maman pleurait et lui disait :

— Mon Bruce, j'ai cherché toutes sortes de solutions...

— Que... veux... dire ?

— Je ne sais pas comment elle a fait, mais Phonsine a été capable de nous trouver un petit logement à louer dans le Faubourg à m'lasse.

— Non... pas là...

— Nous n'avons pas le choix, Bruce. Nous n'avons pas le choix. C'est le seul logement que nous pouvons nous payer... et encore... Il faudra que je travaille rapidement... heureusement le propriétaire est compréhensif. Il est prêt à attendre quelques mois avant que je commence à payer le loyer.

— ... ma faute... ma faute...

Là maman a grandement hésité avant de lui dire le reste. Elle pleurait beaucoup.

— Le problème... c'est que... c'est tout petit... et... et... je ne peux garder que Peggy... toi, tu demandes trop de soins... je ne m'en sortirai pas... je ne pourrai pas te garder aussi... je ne pourrai pas....

Elle pleurait beaucoup. Papa a levé lentement son bras valide et a déposé sa main sur celle de maman, tout doucement.

— C'est correct... Ida. ... C'est ben correct.

— Tu comprends... je ne peux pas...

Maman a continué à sangloter. Après qu'elle ait eu cessé de pleurer, elle a dit en se redressant.

— J'ai parlé à tante Henriette, tu sais ma tante qui est chez les religieuses ? Cela n'a pas été facile, mais elle pourrait te faire une place à l'Asile de la Providence. Elle m'a dit qu'elle trouverait une chambre pour t'installer... Tu auras tous les soins dont tu as besoin... tous les soins...

Papa ne disait plus rien. Il avait baissé la tête et regardait le plancher. Maman lui a flatté les cheveux, comme elle faisait parfois lorsqu'il était encore en santé.

— Peggy et moi, nous irons te voir souvent. Hein Peggy ?

J'avais hoché la tête sans être trop sûre pourquoi je le faisais.

Finalement, nous ne sommes pas allées si souvent le voir, mon papa. Pas si souvent.

La tante Henriette est arrivée enfin. Elle était vêtue comme l'autre sœur. Exactement pareil. C'était une grande dame qui marchait d'un pas décidé dans le long corridor. On aurait dit qu'elle flottait. Sa robe ondulait de part et d'autre à chaque pas. On entendait seulement le gros chapelet dont les grains se cognaient entre eux. Elle était très belle avec des yeux bleus comme le ciel, un nez long et fin et une grande bouche. Avec tous ces vêtements, il était difficile à dire si elle était jeune ou vieille.

Elle s'est approchée près de maman et elle a dit :

— Ida, ça me fait vraiment plaisir de te voir.

Maman l'a alors prise par les épaules pour l'embrasser, mais la sœur a sursauté.

— Ah Tante Henriette... vous avez encore mis votre cilice[1]... pourquoi vous torturer ainsi ?

---

[1] Ceinture de crin ou d'étoffe très rude portée sur la peau par pénitence ou par

— Ma petite Ida, ce n'est pas de la torture. Au contraire, c'est pour me rappeler que je ne suis rien pour moi-même et tout pour les autres.

Puis, la tante Henriette m'a regardé. Je ne la connaissais pas, car elle est entrée chez les religieuses depuis trop longtemps. Elle avait vraiment de très beaux yeux, très doux, très calmes. Je ne sais pas ce qu'il y avait dans ses yeux, mais je sentais en moi une espèce de chaleur quand elle me regardait. Elle m'a souri en me disant.

— La voilà enfin, la belle Peggy.

Elle est venue vers moi pour m'embrasser. D'habitude, je n'aime pas cela me faire embrasser et je recule. Mais cette fois, je ne sais pas pourquoi, je me suis laissé serrer dans ses bras. Je me sentais si bien dans ses bras. Si bien. Je lui ai souri à mon tour.

— C'est la première fois que tu viens ici. Ta maman t'a expliqué ce que nous y faisons ?

Enfin, une étrangère qui ne me parlait pas en bébé. J'ai été surprise. J'ai aussitôt hoché la tête pour signifier un oui. Elle m'a regardé, comme si elle voyait des choses en moi que je ne voyais pas. C'était comme quand les grands oiseaux noirs me regardaient, mais cette fois, je n'avais pas peur. Maman lui a dit :

— Peggy ne parle pas. Depuis son accident, elle n'a plus jamais parlé.

La religieuse a tendu sa main vers mon visage. Elle a tracé sur mon front un signe de croix avec son pouce. Puis sa main a flatté

mortification.

ma joue avec beaucoup de tendresse. Ses yeux étaient pleins de lumière, comme un beau ciel bleu ensoleillé. J'étais vraiment impressionnée. Vraiment. Il a monté en moi une bouffée d'amour comme j'en avais parfois avant. Je lui ai souri de mes plus belles dents.

— Je pense que ta Peggy ne parle pas parce qu'elle le veut bien.

— Qu'est-ce que vous dites, ma tante, voyons. Ça fait plus de vingt ans qu'elle ne s'exprime que par signes.

— Un jour, quand le moment sera venu... elle se décidera à parler.

Je n'ai pas compris ce que disait tante Henriette. Il y a si longtemps que je n'ai pas parlé avec des mots. Si longtemps. Je ne saurais même pas comment faire. Lorsque j'essaie de dire des mots, ce ne sont que des grognements ou des lamentations qui sortent : des AAAAAAH, des IIIIIIH, des ON-ON-ON. Et tout le monde a peur quand j'essaie de parler. « Calme-toi Peggy. Calme-toi » qu'ils me disent. Alors je n'essaie plus de parler.

Tante Henriette — ou sœur Mathilde ; pourquoi a-t-elle changé de nom depuis qu'elle est ici ? — nous a accompagnées dans un petit espace près de la porte. Il y avait des sièges plus confortables. Elle a fermé la porte, pris nos vêtements d'hiver, les a suspendus à une patère. Nous nous sommes assises toutes les trois.

— Je vous remercie ma tante d'avoir fait tout cela pour Bruce.

— Ici, nous essayons d'aider tous les gens dans le malheur, sans exception. Mais pour te l'avouer, Ida, j'étais mal à l'aise de faire la demande à Mère supérieure. Je n'aime pas les passe-droits.

Tout le monde doit être traité également. Je l'ai fait à cause de toi et Peggy.

— Oui, je comprends ma tante, je comprends. Mais notre situation était... est désespérée. Je ne demande rien pour nous.

— Je sais comment vous n'avez pas la vie facile. Vous êtes tombés de bien haut.

— Ce n'est rien, ça. Je suis capable de vivre comme je vivais autrefois sur la ferme, sans presque rien. Pour moi, je ne demande rien. Mais...

— C'est bien parce que je savais cela que j'ai fait cette demande. En fait, il te faut surtout remercier la Mère supérieure. C'est elle qui a insisté pour recevoir Bruce chez nous. Elle m'a confié, je ne le savais pas, que Bruce avait tellement donné à notre communauté qu'elle se sentait redevable envers lui.

— Bruce a déjà donné de l'argent chez vous ?

— Tu ne le savais pas ? Il a été très généreux envers nous. Nous recevions périodiquement une somme d'argent anonymement. Seule la Mère supérieure le savait. Et pour un protestant, c'était une chose exceptionnelle, je peux te l'assurer.

— Pourquoi faisait-il cela ?

— Je n'en ai aucune idée. Mais il a été généreux. Bruce est un homme bon.

Moi, je sais depuis longtemps que mon papa est un homme bon. Il fait ce que le Bon Dieu demande de faire. Et le Bon Dieu demande que l'on vienne en aide « aux démunis, aux malades et aux vieillards nécessiteux », comme le dit maman. Papa faisait cela parce qu'il écoutait le Bon Dieu. C'est comme dans l'histoire que Rose m'a déjà racontée. Je l'ai toujours retenue. Le Bon Dieu attend dans le ciel toutes les personnes qui arrivent. Il doit décider qui entrera au paradis et qui entrera en enfer. C'est dur à décider, ça. Je n'aurais pas aimé être à sa place. Or le Bon Dieu avait un truc. Il demandait à chacun : est-ce que quand j'ai eu faim, vous m'avez donné à manger, quand j'étais étranger vous m'avez accueilli, nu et vous m'avez vêtu ? Alors les gens ne savaient pas quoi répondre, parce que le Bon Dieu, ils ne l'avaient jamais vu sur la terre. Alors ils ont demandé : quand est-ce que nous avons pu faire cela ? Nous ne t'avons jamais vu sur la terre. Et le Bon Dieu a répondu : « *En vérité, je vous le dis, dans la mesure où vous l'avez fait au plus petit de mes frères, c'est à moi que vous l'avez fait* ».

Papa lui, il a fait de bonnes choses pour le plus petit de ses frères. Oui, il est bon mon papa.

Après un moment, nous nous sommes levées et avons suivi Sœur Mathilde dans les longs corridors de l'édifice. Nous avons marché un bon moment et monté des escaliers. Il était grand, cet édifice. Quand on marchait, ça faisait du bruit sur le plancher. Il était fait comme du ciment avec des petits picots de couleur. Je m'amusais à frapper un peu plus fort que d'habitude avec mes pieds pour faire du bruit. Les murs étaient blancs et il y avait seulement une petite boiserie de bois brun qui coupait le mur au milieu. Puis toutes sortes de choses étaient accrochées au mur : des photos, des peintures et aussi des panneaux avec des mots écrits dessus.

Nous sommes arrivées à l'étage. Il y avait plusieurs portes dans le corridor. Nous nous sommes rendues jusqu'au bout du corridor. Nous avons frappé à la porte et ouvert. Papa était là, dans son fauteuil, habillé comme pour un dimanche. Il nous a regardées en faisant une grimace. C'était sa façon de sourire.

La chambre était petite. Il y avait peu de choses : un lit en fer, une petite tablette avec un bassinet, une autre table avec toutes sortes de produits dessus, pour soigner papa sans doute.

— Bonjour M. McIntyre. Vous allez bien aujourd'hui.

Papa a fait un mouvement de corps qui voulait dire oui.

— Je vous laisse avec votre famille.

Sœur Mathilde a tourné le dos, est sortie et a fermé la porte. Nous nous sommes assises sur les deux seules chaises qu'il y avait dans la chambre. Maman est venue flatter les cheveux de papa en silence. Ils se sont regardés sans dire un mot.

— Tante Germaine dit que tu es bien traité ici.

— Oui… sœurs… très bonnes…

— Peggy avait bien hâte de te voir. Hein Peggy ?

J'ai fait un grand sourire en hochant de la tête. Papa a de nouveau fait une grimace. Pendant ce temps, maman a sorti un journal plié de sa sacoche. Elle l'a déplié et a dit à papa.

— Je voudrais te lire un article qui vient d'être publié dans le *Petit Journal.* C'est l'éditorial.

Puis elle a commencé à lire :

La crise économique continue à frapper à Montréal. Les hommes sans travail sont de plus en plus nombreux à faire la file pour obtenir un peu de pain. Le chômage est partout. La pauvreté est partout. Or justement non : pas partout. Il y a des gens qui continuent à s'enrichir sur le dos du pauvre monde. Ils se cachent à Westmount ou dans le Golden Miles. Pendant que les ménagères ne savent plus comment boucler leurs fins de mois, eux organisent des banquets où le champagne coule à flots. Mais il y a pire ! Je parle de ceux qui sont prêts à tout pour s'enrichir davantage, quitte à mettre à la rue leur propre famille. Je parle de ceux qui échappent à la crise en cachant leur argent, qui ne payent pas leur impôt, ou encore, qui fraudent pour en avoir plus.

Hier, des ouvriers mécontents sont venus chahuter devant les locaux de la compagnie Montreal Cloths and Co. *Ils reprochaient à son président, Kennett McIntyre, de les avoir mis à la rue sans compensation. Plusieurs criaient également que c'est à cause de mauvais employeurs comme lui que la Crise est arrivée.*

Les policiers sont venus matraquer la foule pour les disperser. C'est inacceptable ! Leurs protestations sont légitimes dans les circonstances. On doit peut-être se poser la question. Pourquoi n'a-t-on pas encore accusé pour ses crimes le président de cette entreprise ? Est-ce parce que les procureurs et les juges en ont peur ? Est-ce parce qu'ils sont tout aussi corrompus que lui ? Je ne me permettrais pas de faire des allégations ou d'affirmer quoi que ce soit. Je ne suis ni un juge ni un procureur. Mais je crois qu'il est légitime de se poser des questions. Quand les autorités vont-elles enfin réagir ?

Maman a replié tranquillement le journal et l'a remis dans sa sacoche. Papa l'a regardé et a dit :

— Comment… tu… as fait ?

— Nous avons encore de bons amis, Bruce. De très bons amis qui n'arrivent pas à comprendre ce qui nous arrive. Si Kenny a de l'influence auprès du système judiciaire, nos amis sont très influents dans certains journaux. Cet article est le plus important et le plus clair, mais il y en a d'autres. Je ne serais pas étonnée que bientôt, le procureur sera forcé d'agir et de porter des accusations. La pression publique sera trop forte, surtout dans le contexte actuel. Le monde a besoin d'un bouc émissaire et je veux le leur fournir sur un plateau.

Je n'ai pas compris ce que voulait dire maman lorsqu'elle a parlé d'un « bouc émissaire ». Un bouc, c'est un animal. J'en ai vu dans l'un de mes livres d'images. Ça ressemble à un mouton ou à un agneau. Oncle Kenny n'est pourtant pas un animal ? Je n'ai pas compris. Maman a continué.

— Le procureur trouvera bientôt, dans une ou deux enveloppes anonymes, des preuves des malversations de Kenny.

—… ne changera rien…

— C'est ce qu'on verra, Bruce, c'est ce qu'on verra. Je ne baisserai pas les bras. Ça, jamais.

Papa a penché la tête vers le plancher. Maman, elle, a regardé par la fenêtre en jetant un regard de colère. De colère noire. Moi, je n'aime pas quand maman est comme cela. Je n'aime pas. Cela me fait peur. Pas pour moi. Pour elle. Je ne veux pas qu'il lui arrive malheur.

***

— Peggy… Peggy… Réveille-toi…

Maman me brassait l'épaule avec énergie. J'étais endormie dur, ça c'est certain. Pourtant je n'ai pas l'habitude de dormir dans une église. Mais ici, je me sentais tellement bien.

Quand maman et moi nous avons quitté papa, nous avons décidé d'aller faire un tour à la chapelle des sœurs. Ce qu'elle était belle, cette chapelle ! Deux étages tout décorés de belles colonnes qui se terminaient au deuxième étage par des demi-cercles avec plein de sculptures. Ce qui était frappant en entrant, c'était les beaux lustres, très grands en cristal qui pendaient au plafond. Je les ai comptés : il y en avait un, deux, trois, quatre, cinq, six, sept. Au manoir, nous en avions seulement un et sûrement pas plus beau que ceux-là. Le plafond était plat, mais décoré avec des carrés et des ronds entourés de petites formes toutes tordues.

Elle était claire, cette chapelle. Nous nous sommes assises dans les bancs d'en arrière. Il n'y avait personne. Maman a dit : « Nous allons faire nos prières pour papa ». Maman s'est mise à genoux, mais moi je suis restée assise. J'aurais dû me mettre à genoux aussi parce que je me suis tout de suite endormie. La chapelle était tellement calme et silencieuse, tellement paisible, que je me suis endormie tout de suite.

Et je me suis mise à rêver. Je me souviens très bien de mon rêve. Je me souviens de tout.

J'étais d'abord plongée dans un grand brouillard. On aurait dit un nuage qui était descendu sur la terre. Je ne voyais rien. Seulement des ombres. Je marchais en tâtonnant le long des murs. Je ne savais même pas où j'étais. Puis, il y a eu une éclaircie. Et là, j'ai cru apercevoir la ruelle derrière la petite bicoque. Je me suis engagée dans la ruelle et j'ai vu un peu plus loin, une masse brune près des poubelles. Je me suis approchée davantage pour constater que c'était en fait un homme habillé avec un long manteau tout froissé, tout troué.

L'homme était assis par terre adossé sur le mur de briques d'une vieille maison. Il tenait ses mains sous son manteau. Il portait un grand chapeau qui cachait en partie son visage. Je me suis approchée tout près et je l'ai regardé. Il a relevé la tête. Il n'était vraiment pas beau. Son visage était couvert de boutons et de rougeurs. Je n'avais pas peur. J'étais seulement intriguée, car son visage me disait quelque chose. Je l'ai regardé attentivement encore une fois, et j'ai reconnu ses yeux.

— Papa ! c'est toi ?

Je me suis surprise moi-même à lui dire cela. C'est vrai que dans mes rêves, il m'arrive de parler pour qu'on me comprenne, mais c'est toujours un peu surprenant de m'entendre dire des mots comme ça. En tout cas !

C'était bien mon papa. Il n'était plus en fauteuil roulant. En plus, il avait sorti ses deux mains de son manteau et, malgré les boutons et les rougeurs sur ses mains, il pouvait les bouger. Aussi ses deux bras. Son visage était redevenu comme avant, bien comme avant à l'exception des boutons et des rougeurs. Il m'a tendu les mains en souriant. Je me suis approché pour le prendre dans mes bras. Je ne sais pas pourquoi j'ai fait cela, parce que c'est une chose que je ne faisais jamais dans la vraie vie. Je l'ai serré très fort.

Tu n'es plus malade ?

— Mais oui, ma Peggy, je suis toujours malade, mais d'une autre sorte de maladie.

— C'est quoi, cette maladie ?

— C'est une maladie de l'âme.

— Qu'est-ce que ça veut dire ?

— Ça veut dire que ton papa a été puni pour ce qu'il a fait dans sa vie. C'est de sa faute ce qui arrive.

— Qui est-ce qui te punit, mon papa ?

— C'est le Bon Dieu, ma Peggy, le Bon Dieu.

— Pourquoi le Bon Dieu voudrait te punir, mon papa ? Tu es un homme bon. Il n'a pas de raison de te punir.

— Je sais. Je sais. Il me semble que j'ai fait ce que j'avais à faire dans la vie. J'ai pris soin de ma famille, j'ai pris soin de nos ouvriers, j'ai donné de l'argent aux pauvres, j'ai fait tout ce que me demandait la religion du Bon Dieu. Pourtant, tu vois ce qui m'arrive…

— Tu lui as demandé au Bon Dieu pourquoi il te donne cette maladie ?

— Je lui demande constamment. Je lui dis : « En quoi ai-je été fautif, mon Dieu ? Dis-le-moi. J'aimerais au moins comprendre pourquoi je suis puni comme cela. » Mais il ne me répond pas. Et je cherche ce que j'ai pu faire. Je cherche, tu peux me croire et je ne trouve pas.

— Peut-être que tu as fait des péchés, que tu es sorti de la voie juste ?

— Il est certain que j'en ai fait plusieurs fois, des péchés, mais je me suis repris. Toujours, j'ai essayé de me maintenir dans la voie juste. Mais il semble que ce n'est pas suffisant. Les gens m'en

96

veulent pour tout et pour rien : « Tu es riche et nous sommes pauvres, tu dois être un voleur » ; « Tu ne paies pas suffisamment tes employés. Tu es un patron détestable » ; « Il faut que quelqu'un paie pour ce qui arrive, pour la Crise, pour… ».

Mon pauvre papa, il ne savait plus comment se défendre contre ces insultes.

— Tu sais ma Peggy, on vit dans un monde où les gens ont besoin de trouver un coupable pour être bien. Tant qu'ils n'en ont pas trouvé, ils vont en chercher un. Et quand ils le trouvent, il n'y a rien à faire. Il est coupable, c'est sa faute pour tout ce qui arrive. C'est comme cela. Et cette fois, c'est tombé sur moi.

— Mais papa, ce n'est pas correct. Tu n'as rien fait de mal. Tu as suivi la voie juste.

— Oui, mais c'est comme cela. On ne peut rien y faire.

— Mais le Bon Dieu, lui, il peut faire quelque chose.

— Il ne me répond pas, le Bon Dieu. Je ne suis pas certain qu'Il puisse faire quelque chose. Je crois que ça le dépasse un peu, le Bon Dieu. Je crois que c'est le diable qui est en train de gagner sur la terre.

— Non, je ne peux pas croire cela, mon petit papa. Le diable est moins fort que le Bon Dieu. C'est Rose qui me l'a dit. Et Rose, elle connaît bien la Bible. Et dans la Bible, il est écrit que c'est pour détruire les œuvres du diable que le Fils de Dieu est apparu sur terre. Moi, je suis certaine que le Bon Dieu peut faire beaucoup. Il peut tout faire, le Bon Dieu.

Et là, il s'est passé quelque chose de très bizarre dans mon rêve. Mon papa, il s'est mis à se tordre et à changer de forme. Il a

97

rétréci comme mes chandails qui ont été mal lavés. Il est devenu si petit que je ne le voyais presque plus. Puis, il a disparu. Je l'ai appelé, mais il a disparu. C'est à ce moment-là que maman m'a réveillée.

— Tu t'étais endormie, ma Peggy. Tu marmonnais quelque chose dans ton sommeil. Qu'est-ce que tu marmonnais ?

Pourquoi maman me posait cette question ? Elle savait bien que j'étais incapable de parler. Je me suis contentée de lui sourire en regardant autour. Je me trouvais toujours dans la belle chapelle et mon papa n'était plus là. Évidemment, puisque c'était un rêve.

À ce moment-là, Sœur Mathilde est entrée par une porte de côté. Elle a fait une génuflexion en regardant en avant le grand crucifix, et elle s'est retournée pour venir nous rejoindre. Je ne sais pas comment elle a fait pour savoir qu'on était encore là. Elle est forte, Sœur Mathilde. À moins que ce soit maman qui le lui ait dit...

Sœur Mathilde a chuchoté quelque chose à l'oreille de maman, puis elle est sortie par la grande porte. Nous l'avons suivie. Rendue à l'extérieur, Sœur Mathilde a parlé plus fort pour que l'on comprenne.

— Vous avez bien fait de vous arrêter à la chapelle. Ton mari, Ida, a besoin de nos prières à tous. Il est parfois bien découragé, tu sais. Il se met tout sur le dos pour ce qui vous arrive. Priez sainte Thérèse d'Avila. Elle pourra sûrement l'aider à surmonter cette épreuve.

Je ne savais pas qui c'était, cette sainte. Mais Sœur Mathilde avait l'air d'avoir bien confiance en elle. Alors, je me suis dit que je prierais aussi sainte Thérèse d'Avila.

— Merci tante Henriette. Heureusement qu'il y a encore des gens comme vous sur la terre.

— Je ne suis pas la seule. Encore faut-il que tu sois capable de le voir. Et je te sens encore trop malheureuse pour les reconnaître.

— Peut-être bien. Pour le moment, tout ce que je vois, ce sont ceux qui nous ont fait du tort, qui nous ont fait du mal, qui ont voulu notre perte. Et ce ne sont pas des gens bien, vous pouvez me croire. Ici, vous ne pouvez pas comprendre, vous êtes protégées du monde dans votre communauté. Dehors, il y a des personnes méchantes jusqu'à la moelle.

Sœur Mathilde a fait silence et regardé maman comme elle l'avait fait pour moi.

— Certes. Je comprends. Mais laisse-moi seulement te dire une seule chose que tu reconnaîtras parce que tu as fait ton catéchisme, n'est-ce pas Ida ? *Pardonne à tes ennemis et prie pour ceux qui te persécutent.*

— Le pardon ? Oui, le pardon… je ne pense pas être capable, ma tante… je ne pense pas…

Sœur Mathilde a continué à lui sourire sans rien dire. Qu'est-ce qu'il y a de si spécial chez cette sœur ? C'était difficile à dire. En tout cas, on avait envie de l'écouter. Ensuite, elle s'est tournée vers moi en me regardant avec ses beaux yeux lumineux.

— Toi, ma Peggy, tu es capable de pardonner.

Puis elle s'est approchée de mon oreille et m'a chuchoté.

— Je sais qui tu es, Peggy. Je sais qui tu es… Prends soin de ta maman.

J'étais abasourdie, au point où j'en ai perdu le sourire. C'est la première fois qu'on me disait une chose aussi insensée. Moi, prendre soin de maman ! C'est toujours maman qui a pris soin de moi, pas l'inverse. Je n'ai vraiment pas compris ce que Sœur Mathilde a voulu dire. Vraiment pas. Puis, elle me dit qu'elle sait qui je suis. Bien sûr qu'elle le sait. Je suis la fille de maman et de papa. Je n'ai pas compris pourquoi elle disait cela.

Avant que j'aie eu le temps de réagir, Sœur Mathilde nous a embrassées toutes les deux et nous sommes sorties par la grande porte.

Cela a fait un grand bruit lorsqu'elle s'est refermée.

CHAPITRE 5 : Le temps des Fêtes

J'aime beaucoup voir tomber la neige. Surtout celle-là. Les petits flocons semblent flotter un instant dans les airs en virevoltant avant de revenir tout doucement vers le sol. Je peux rester assise longtemps devant la fenêtre à regarder la neige. J'entends la machine de maman qui fait du bruit : clac clac clac. C'est comme une musique à mes oreilles. Parfois maman dit : « Ça va, ma Peggy ? » Je me retourne, lui réponds par un signe de tête et lui fais un joli sourire. Puis, je me remets à regarder la neige.

Chaque fois que je vois tomber une petite neige comme cela, il me revient des souvenirs du temps de Fêtes chez grand-père, en campagne. C'était il y a longtemps. En tout cas, nous ne sommes pas allés passer le temps des Fêtes chez grand-père depuis belle lurette. Évidemment, les choses ont bien changé depuis que grand-père est parti voir le Bon Dieu. La ferme a été vendue — c'est ce que j'ai entendu dire par maman. Tante Charlotte était la seule qui restait encore à la ferme. Mais toute seule, elle ne pouvait pas faire le travail. Alors, la ferme a été vendue.

Quand nous y allions dans le temps des Fêtes, nous partions en train en famille : maman, papa, Pete et moi. J'aimais cela voyager en train. C'est très gros un train, beaucoup plus qu'un tramway. Puis ça roule plus vite aussi. Nous allions le prendre à la gare. Gaston venait nous reconduire dans la seule automobile que nous avions alors. Elle était très belle, tout en argent et très grosse aussi. Gaston en prenait soin « comme la prunelle de ses yeux », qu'il disait. Nous aurions pu y aller tout de suite en automobile, mais maman ne voulait pas que nous arrivions à la ferme dans une voiture conduite par Gaston. « Je ne veux pas que ma famille pense que je ne suis pas restée la même et que je les regarde de haut ». Papa était d'accord avec cela. Alors nous partions en train.

Elle était « imposante », cette gare. Elle ressemblait un peu à la grande église : de la pierre grise, des fenêtres très hautes qui se terminent en demi-cercle, trois entrées énormes dans lesquelles on trouvait des portes en bronze. À l'intérieur, il y avait beaucoup, beaucoup de monde qui marchait dans toutes les directions. C'était étourdissant. Quand nous étions là, je tenais très fort la main de maman pour ne pas me perdre. Ça parlait fort, ça criait parfois, les bébés pleuraient, les enfants se tournaient autour en se taquinant. Il y avait beaucoup de monde.

La dernière fois que nous avons pris le train pour la ferme, j'ai été frappé par une statue qu'on avait installée dans la grande salle : une grande statue en bronze montrant un monsieur dans un uniforme étendu, comme endormi, dans les bras d'un ange avec de grandes ailes. Je n'ai pas compris tout de suite pourquoi le monsieur était endormi. Quand j'ai demandé par signes à maman, elle m'a dit : « C'est un soldat qui est parti voir le Bon Dieu pendant la guerre ». J'ai voulu en savoir plus et elle m'a dit : « Tu sais, parfois, les gens s'aiment si peu, ils se chicanent si fort, qu'ils ne peuvent pas faire autrement que de s'éliminer entre eux ». Je n'ai compris que plus tard ce que cela voulait dire « s'éliminer entre eux ». Ça veut dire se faire mourir, se tuer. Pourquoi les gens veulent-ils en tuer d'autres ? Pourquoi ? Le Bon Dieu et son doux Jésus, ils veulent que l'on s'aime entre nous, pas que l'on se tue. Je ne comprends toujours pas. En tout cas.

Nous avons entendu arriver le train sur le quai de la gare. Quand la locomotive est apparue, il y a eu beaucoup de boucane, tellement que le train était presque caché. Ça faisait des gros tchou-tchou-tchouu, puis des pffuuuuttt — pffuuuuttt. Nous avons embarqué dans le train de tête et nous nous sommes installés tous les quatre dans une cabine avec des sièges en cuir. Papa a mis la valise dans le filet en haut, pendant que je m'assoyais près de la fenêtre. Puis, en route !

Le voyage n'est pas long pour aller à la ferme. Je trouvais que le temps passait vite en regardant le paysage par la vitre. En sortant de la ville, on voyait plein de maisons toutes ramassées les unes sur les autres, puis il y en avait de moins en moins au fur et à mesure qu'on avançait dans la campagne. Dans le temps des Fêtes, la neige était partout : dans les champs, sur les branches des arbres, sur le toit des maisons. Partout.

Arrivés au village de grand-père, nous sommes sortis du train. Grand-père nous attendait sur le quai. Mon grand-père, il était grand et costaud. Avec son gros manteau de fourrure — son « capot de chat », comme il disait —, il avait l'air encore plus « imposant ». Maman disait qu'il était aussi très fort. Il avait les cheveux tout blancs sous son bonnet. Son visage était sérieux, même sévère. Ça pouvait faire peur à des gens, mais pas à moi.

C'était toujours le même rituel quand nous arrivions. Maman allait l'embrasser d'abord. On ne peut pas dire que cela lui faisait bien plaisir de l'embrasser. Grand-père non plus d'ailleurs. Puis, il serrait la main de papa sans lui sourire. La même chose pour Pete. La seule à qui il adressait un petit sourire, c'était à moi. Il voulait toujours m'embrasser, mais moi je ne voulais pas. Je n'aime pas me faire embrasser.

Il prenait alors la valise et repartait sans rien dire en dehors de la petite gare. Il avait attelé ses deux chevaux à la grande carriole. Elle avait des patins et pas des roues. Nous allions nous mettre dans les sièges sous les couvertures de fourrure. Grand-père avait fait chauffer les briques qui se trouvaient sous nos pieds. Elles étaient encore chaudes. Nous nous glissions sous les couvertures en nous entassant les uns sur les autres. Grand-père s'assoyait sur le banc d'en avant, prenait les guides et criait : « Hue Brunette ! Hue Margot ! » Et les chevaux partaient tout lentement. Ils étaient vieux, ces chevaux et ils n'allaient pas très vites.

Arrivés à la ferme, nous allions tout de suite nous mettre dans la chambre du fond. C'était l'ancienne chambre de maman. Elle était grande cette maison, pas aussi grande que le manoir, mais beaucoup plus grande que la bicoque. Il y avait cinq chambres au deuxième étage, des petites chambres quand même. Comme nous attendions la famille de tante Jeanne et de tante Phonsine, il fallait se mettre dans une seule chambre. Papa et maman prenaient un lit et Pete l'autre. Il y avait à peine de la place pour circuler. La famille de tante Jeanne et celle de tante Phonsine feraient la même chose pour les deux autres chambres. En face de la chambre de grand-père, il y avait celle de Charlotte. Elle était seule dans sa chambre et moi j'allais coucher dans l'autre lit. Tante Charlotte insistait toujours pour que je vienne dans sa chambre. Je l'aimais bien tante Charlotte, et elle aussi m'aimait bien.

Plus tard, grand-père est reparti chercher tante Jeanne à la gare. Ils voyageaient aussi en train, mais ils ne prenaient pas le même train que nous. Maman avait dit, en partant du manoir : « Jeanne et Charlie vont arriver plus tard, sur le train du *Canadian Pacific*. Avec sa passe gratuite parce qu'il travaille aux Shops Angus, il n'a pas le choix. C'est plus long, c'est certain. ». Tante Jeanne et oncle Charlie sont arrivés avec ma petite cousine Madeleine. En fait, je ne sais pas si c'est vraiment ma cousine. J'ai entendu maman dire un jour qu'elle avait été adoptée ou quelque chose comme cela.

Enfin, tante Phonsine et oncle Albert arrivaient toujours en dernier dans leur automobile. Oncle Albert l'appelle sa « sa vieille Ford T ». C'est vrai qu'elle avait l'air vieux, toute noire et sale. Mais il était quand même fier de la montrer. Il paraît qu'il mettait beaucoup de temps à la réparer. C'est ce que tante Phonsine disait :

« Il a toujours le nez dans son maudit moteur ». Ils arrivaient avec mes deux cousins. Je ne les aime pas beaucoup mes cousins. J'essaie de les aimer, d'être gentille avec eux, mais c'est difficile. Ils me taquinent souvent. Parfois, ils peuvent être méchants aussi : ils rient de moi. Ils ne le font pas devant tout le monde, parce que maman les empêcherait. Mais dès que nous sommes seuls, ils ne se gênent pas. Moi, je ne dis rien et je laisse faire.

Dans le temps des Fêtes, tout le monde est toujours joyeux. Tante Charlotte avait décoré le grand arbre de Noël que grand-père était allé couper dans le bois. Il touchait presque le plafond. L'arbre était décoré avec des bibelots ou des décorations de papier que tante Charlotte avait faites elle-même. On ne trouvait pas de lumières de Noël, comme dans le sapin du manoir. C'est parce qu'il n'y a pas d'électricité à la campagne. Donc, on ne peut pas mettre de lumière nulle part, même pas pour s'éclairer. On s'éclaire avec des lampes à l'huile. Un ange en plâtre avait été placé sur la pointe de l'arbre. Il a sûrement fallu monter dans une échelle pour faire cela.

Pendant la journée, toutes mes tantes et maman se sont mises à la cuisine. Beaucoup de choses restaient à faire. : la dinde, les tourtières, le ragoût de pattes de cochon, etc. Moi, on m'a fait éplucher les patates. Je n'étais pas très rapide, mais c'était bien fait. Pendant ce temps mes oncles prenaient un petit coup en se vidant de temps en temps un liquide qu'ils prenaient dans une grosse bouteille verte en se racontant des histoires drôles que je ne comprenais pas. Ces histoires devaient être très drôles parce qu'ils riaient beaucoup.

Le premier soir que nous étions tous là, une soirée de fête était organisée. Ça commençait tôt et ça se finissait tard dans la nuit. Oncle Charlie jouait de l'accordéon. Un accordéon, c'est comme un piano, mais que l'on tient dans les bras. Ça s'appelle comme ça —je crois — parce que la musique qui en sort fait s'accorder les gens. Puis, tante Charlotte se mettait à jouer sur le vieux piano droit qui était dans le salon. Lorsque ces deux-là commençaient à jouer, tout le monde devenait tout excité, même les enfants. Les adultes se mettaient à danser ensemble ou avec les enfants. Les lampes à l'huile, en sautant sur les tables, faisaient des ombres qui dansaient aussi sur les murs. Quand les couples se mettaient à tourner, ils allaient tellement vite que je ne sais pas comment ils faisaient pour rester debout.

Les cousins continuaient à me taquiner quand les adultes ne les voyaient pas. Une fois, ils sont venus me porter un verre en me disant que c'était de l'eau. J'avais soif, je l'ai alors avalé d'un trait. J'ai fait une sacrée grimace parce que ça brûlait la bouche et le gosier. J'ai compris que ce n'était pas de l'eau et ils ont beaucoup ri. Pendant un bon bout de temps ensuite, je me suis sentie étrange. J'avais envie de rire tout le temps. Je me sentais bien aussi.

C'est la seule fois où j'ai voulu danser. Maman m'a alors fait danser en tournant lentement. J'ai été étourdie très vite, au point de presque tomber. Je riais beaucoup. Maman s'est aperçue que je n'étais pas dans mon état normal et elle a tout de suite compris que mes cousins m'avaient joué un mauvais tour. Elle voulait aller les chicaner, mais ils avaient disparu. Je les ai vus par la suite cachés près de l'escalier. Ils riaient en me pointant du doigt. Pourquoi sont-ils méchants ainsi? Pourtant je suis gentille avec eux. Peut-être qu'il faudrait que je sois encore plus gentille. En tout cas.

Il arrivait toujours dans la soirée que l'on demande à papa de faire une danse. Là, tout le monde arrêtait et on le regardait en claquant des mains. Il sautillait sur place. Seulement les jambes bougeaient, les bras eux restaient collés le long du corps. Par contre, les pieds se démenaient en titi : ils suivaient le rythme de l'accordéon et du piano en cognant par terre. C'était impressionnant !

Chaque fois que papa dansait comme cela, quelqu'un lui criait.

— Hein, Bruce, tu danses ben en maudit pour un anglais.

Papa répondait alors.

— Insulte-moi pas en me traitant d'anglais. Je suis un Écossais et en Écosse, on sait danser la gigue. C'est nous qui l'avons inventée.

Puis, il repartait de plus belle.

Quand papa était fatigué, c'était au tour de mes tantes de s'y mettre. Elles chantaient des chansons à répondre. Et elles en connaissaient, des chansons à répondre. Une chanson à répondre, c'est quand on chante un couplet, puis que tout le monde répond par un autre en répétant les derniers bouts de phrase. Moi, je ne pouvais pas répondre, mais je tapais des mains en riant.

À un moment, on voulait que grand-père chante une chanson à répondre. Grand-père, il ne faisait pas beaucoup de bruit dans ces fêtes. Il se contentait de prendre un petit verre en regardant les autres. Lorsqu'on lui demandait de chanter sa chanson, il faisait semblant de ne pas vouloir, mais tout le monde savait qu'il la chanterait de toute façon. Alors il se levait lentement et les autres disaient en cœur : « Silence, il va chanter ».

C'était drôle sa chanson. On y racontait l'histoire d'une dame qui est allée acheter deux navets au marché. Comme elle n'avait pas de sac, elle les a mis dans son corset. Puis là, tout le monde chantait deux fois :

Oh oh oh, madame oh madame
Oh oh oh, que vos navets sont beaux

On savait tous la chanson par cœur, mais on laissait grand-père la chanter. On riait beaucoup, parce que dans l'histoire, les navets de la dame branlaient en marchant et on répondait.

Oh oh oh, madame oh madame
Oh oh oh, que vos navets sont beaux

La fête continuait ainsi tard dans la nuit. Quand ils étaient plus jeunes, les enfants partaient se coucher tout habillés dans leur lit. Moi, je suis toujours restée jusqu'à ce que ça se termine. Nous montions nous coucher, fatigués, mais contents. J'allais dans la chambre de tante Charlotte, comme d'habitude.

La dernière fois que nous sommes allés à la ferme et que j'ai couché dans la chambre de tante Charlotte, il s'est passé une chose que je n'ai pas comprise. La soirée terminée, nous avons monté ensemble. En arrivant, elle a fermé la porte et s'est mise à pleurer. Je ne comprenais pas qu'une soirée tellement gaie la faisait pleurer. Elle m'a parlé comme si j'étais un adulte, ce qu'elle ne faisait jamais avant.

— Peggy, t'es chanceuse, oui très chanceuse, parce que tu ne connaîtras jamais d'homme. Crois-moi, il vaut mieux vivre seule.

Pourtant, maman a toujours dit que tante Charlotte était célibataire. Elle disait parfois que c'était parce que c'était le « bâton de vieillesse » de grand-père. J'ai deviné qu'un bâton de vieillesse, c'est quelqu'un qui reste pour s'occuper d'une autre personne plus âgée. Pourtant grand-père n'avait pas l'air malade ou trop âgé ? J'ai trouvé ça curieux à ce moment-là que tante Charlotte me dise cela.

***

Le plus beau moment de la période des Fêtes arrivait lorsque nous allions tous à la messe de minuit. On sentait que c'était important pour tout le monde : un moment joyeux et — comment disait maman déjà ? — « solennel ». C'est ça, un moment solennel. On se rappelait la naissance du doux Jésus qui allait bientôt arriver dans la crèche de l'église. Il est difficile de croire qu'un si petit bébé puisse un jour faire de si grandes choses.

Au début, quand nous étions plus petits, mes cousins, ma cousine, Pete et moi, nous n'allions pas à la messe de Minuit, parce qu'elle était trop tard et que nous étions trop petits. Alors tante Charlotte nous gardait tous. Mais la dernière fois, nous étions tous assez grands pour pouvoir aller à la messe. Nous nous sommes entassés soit dans le traîneau de grand-père, soit dans l'auto d'oncle Albert. Moi, je préférais le traîneau, car c'était plus amusant, même si c'était plus froid. On se cachait sous les grosses couvertures. Grand-père appelait cela des Buffalo. Les chevaux étaient fiers de nous tirer. Grand-père leur avait mis leurs plus beaux harnais. Ils trottaient et on entendait le son des grelots dans la nuit. C'était beau surtout quand la lune était pleine ! C'était tout clair !

Arrivés à l'église, il y avait bien du monde. Avant d'entrer, les gens se retrouvaient parce qu'ils ne s'étaient pas vus depuis longtemps. On s'embrassait, on se donnait des nouvelles. Puis on entrait dans l'église chauffée par un vieux poêle à bois. Ça faisait du bien de venir au chaud. Elle était belle, l'église du village de grand-père, mais elle était bien petite. On devait se trouver un banc. Avec les gros manteaux de chacun qui prenaient de la place, il fallait se pousser les uns sur les autres. L'église était éclairée avec des lampes à l'huile au plafond et des bougies.

Alors, la messe commençait avec des chants de Noël. Les chanteurs avaient mis leurs plus beaux vêtements et avaient pris leur plus belle voix. D'accord, il arrivait qu'ils chantent faux ou trop fort, mais ils le faisaient avec cœur, ça c'est certain. Le curé aussi avait sorti ses plus beaux habits. Il était accompagné des petits servants de messe en soutanes noires et en surplis qui bâillaient à s'en décrocher la mâchoire. C'était une longue cérémonie avec toute sorte de mots en latin, puis de l'encens — ça me faisait étouffer chaque fois —, puis des chants encore.

Le curé faisait un long sermon après être monté dans la chaire. Quand il parlait, la chaire branlait un peu et j'avais toujours peur qu'il tombe. Mais ce n'est jamais arrivé. Il parlait du petit Jésus qui était venu pour nous sauver de nos péchés. Il disait qu'il fallait surtout se méfier de trois péchés : la sacrure, la champlure et la créature. J'ai bien retenu le nom de ces péchés, mais je ne sais pas ce que ça veut dire. Si je ne sais pas ce que c'est, donc je ne dois pas les faire, ces péchés.

Vers la fin, tout le monde sortait des bancs. Quelques-uns partaient vers l'arrière, mais la plupart se mettaient en rang pour aller chercher le petit Jésus. Ben pas celui dans la crèche, mais celui dans l'hostie. Une longue promenade commençait alors. C'était long avant que tout le monde puisse passer. Il fallait qu'ils s'agenouillent à la balustrade, puis le curé allait voir chacun pour leur mettre l'hostie dans la bouche. Un petit servant l'accompagnait avec une assiette en or qu'il mettait en dessous du menton des gens pour attraper l'hostie si le curé l'échappait. Ce n'était pas très beau à voir, parce que tout le monde tirait la langue pour recevoir le petit Jésus. On aurait dit que les gens faisaient des grimaces. Il y en a qui n'auraient pas dû montrer leur langue. Ouache ! Pourtant, maman m'a toujours dit de ne pas tirer la langue. En tout cas ! Moi, je n'avais pas le droit de recevoir le doux Jésus, parce que je n'avais pas fait ma première communion. J'étais déçue. J'aurais bien aimé moi aussi recevoir le doux Jésus dans mon cœur.

Quand la messe était terminée, les gens se dépêchaient de ressortir au froid pour retourner chez eux. Tout le monde avait bien hâte d'aller manger, car il fallait jeûner avant la messe de Minuit.

Les enfants se demandaient quels cadeaux ils recevraient. Papa et maman, ils ne nous donnaient pas les vrais cadeaux, seulement des petites choses — moi je recevais souvent une petite poupée— parce qu'ils disaient que ce n'était pas poli de donner des cadeaux que les autres ne pouvaient pas offrir à leurs enfants. Grand-père était fier de nous donner une orange chacun. C'est vrai qu'en campagne, on n'en mangeait pas souvent, des oranges. C'était rare.

En arrivant à la maison, tout de suite maman et mes tantes ont mis les assiettes et les ustensiles sur une belle nappe que l'on gardait pour les jours de fête. Elle avait beau être grande, cette table, il n'y avait pas assez de place pour tout le monde. Alors les enfants étaient installés à la table du salon. La dernière fois, j'étais assise avec les adultes, car j'étais déjà grande.

La dinde a d'abord été servie devant grand-père qui a commencé à en couper des tranches. Il s'adressait à chacun en disant « du blanc ? » ou encore « du brun ? ». C'est tout ce qu'il disait. Alors il coupait avec précaution la dinde fumante qui sentait bon le rôti, puis déposait dans l'assiette de celui ou celle qui la tendait quelques morceaux, blancs ou bruns, de viande. Mes tantes servaient les tourtières et le ragoût de pattes et tout le reste, sans oublier la farce et les atocas tout rouges.

On mangeait avec appétit, même s'il était très tard dans la nuit. C'est vrai que personne, excepté les plus petits, n'avait avalé de nourriture de la journée. Il y avait du vin servi à partir d'une grosse bouteille avec une anse qui semblait peser lourd. En campagne, on ne buvait jamais de vin, sauf dans le temps des Fêtes. Par contre, au manoir, il y en avait tous les soirs.

Puis, on racontait des histoires, des anecdotes arrivées dans le courant de l'année. Tante Jeanne se rappelait du jour où le laitier est arrivé avec un petit coup dans le nez sur sa carriole tirée par un gros cheval brun. Après avoir déposé les deux bouteilles de lait à sa porte et repris les vides avec de la petite monnaie dedans, il avait fait un faux pas en revenant à sa carriole et avait frappé accidentellement le cheval. Celui-ci s'était affolé et était parti au galop en laissant tomber une bonne partie des bouteilles qui s'étaient brisées dans la rue. Mais le plus drôle était de voir le gros monsieur se relever avec peine et courir tout essoufflé en essayant de rattraper son cheval. Il criait : « Arrête, Hercule, arrête ! » Cela avait fait bien rire mes oncles et mes tantes.

Oncle Charlie avait raconté le jour où le guenillou a passé sur sa rue. Un guenillou, c'est un vieux monsieur très laid avec un chapeau de feutre qui arrive en carriole pour nous débarrasser des choses qu'on ne veut plus. Quand il passe. Il crie : « Guenillou ! guenillou ! » Au manoir, il n'y avait pas de guenillou ; il ne passe que dans les quartiers comme celui où l'on a notre petite bicoque. Il paraît que mes cousins avaient très peur d'eux, parce que lorsqu'ils n'étaient pas sages, tante Phonsine leur disait : « Je vais te donner au guenillou la prochaine fois qu'il passera ». Chaque fois qu'ils entendaient le guenillou crier au coin de la rue, mes cousins allaient se cacher dans la chambre.

Donc, oncle Charlie a raconté que son voisin, qui gardait ses vieilles affaires jusqu'à ce qu'elles « tombent en ruine », comme il le disait, ne s'était pas aperçu que sa femme avait donné l'une de ses chaises au guenillou. Quand sa femme est rentrée, le voisin, un petit homme tout sec, s'est mis à courir pour rattraper le guenillou afin d'aller la lui reprendre. Il y avait eu une grosse chicane, parce que le guenillou ne voulait pas la lui remettre. Alors le voisin avait dû lui donner quelques sous pour ravoir sa chaise. Il paraît qu'il était rouge comme une tomate lorsqu'il est passé devant la maison d'oncle Charlie avec sa chaise à la main.

Le repas se passait presque toujours dans la gaieté comme cela. Mais la dernière fois où nous y sommes allés, le repas s'était terminé par une dispute. Je ne me souviens plus très bien ce que maman avait dit, mais tante Phonsine avait répliqué :

— On sait bien, vous autres les Anglais, vous n'aurez jamais de problème d'argent.

Maman avait répondu.

— Ce n'est pas une question d'Anglais ou de Français, Phonsine.

— Bien, voyons, Ida, tu penses que c'est un hasard si tous les Anglais qui vivent à l'ouest de la rue Saint-Laurent sont riches et que les Français qui vivent à l'est sont pauvres comme job ?

— D'abord, il n'y a pas que des Anglais. Il y a aussi des Écossais comme Bruce, des Irlandais, des Juifs aussi.

— C'est du pareil au même, ils parlent tous anglais. Puis, nous les Canadiens-français, il ne nous reste que des miettes. Des porteurs d'eau que nous sommes.

— Tu exagères un peu, là. Ton Albert, il gagne bien sa vie en travaillant dans un bureau d'assurance. Hein Albert !

Oncle Albert ne disait rien. Il ne disait jamais rien quand ma tante Phonsine s'emballait comme cela. Il baissait la tête en attendant que ça finisse. Tante Phonsine a répondu :

— Cela n'a rien de comparable avec vous, les Anglais. Il faut vous voir vous pavaner dans vos belles automobiles avec chauffeur, organiser des bals presque tous les soirs. Et les robes de bal à 300$, et les petits fours à 50 ¢ chacun, et le champagne qui coule à flots. Nous, on ne peut pas se permettre cela comme chez vous.

Là, maman a commencé à hausser le ton.

— Quand même, Phonsine, t'es pas juste, là. Il n'y a jamais de soirées comme cela chez nous. On ne jette pas l'argent par les fenêtres, nous.

— Peut-être pas, mais vous en avez en maudit, de l'argent.

— Tu as l'air de penser que c'est un péché d'avoir de l'argent.

— Non, ce n'est pas un péché, mais je trouve qu'il y en a qui en ont trop et d'autres pas assez.

Là, tante Phonsine a regardé papa qui ne disait rien et elle lui a dit.

— Je ne dis pas ça pour toi, Bruce... Toi, t'es un bon gars... Mais regardez autour de vous...

— Que veux-tu qu'on y fasse... que nous donnions tout notre argent aux pauvres et qu'on se retrouve à la rue.

Oncle Charlie, qui n'avait pas encore parlé a ajouté :

— En tout cas pour le moment, ce sont les Anglais qui ont tout et nous, les p'tits Canadiens français, nous n'avons que des « peanuts ». Un jour, ça va changer. Il faut qu'on apprenne à se défendre, à ne pas se laisser manger la laine sur le dos. À la shop, on commence à parler de syndicats. On va se battre pour avoir notre dû.

Tante Jeanne a ajouté :

— Il faut faire attention avec ces affaires de syndicats, Charlie. Les patrons n'aiment pas ça et ils mettent à la porte les meneurs. Tu le sais pourtant.

— Il faut quand même se défendre, Jeanne, lui a répondu oncle Charlie.

Après cette dispute, il y a eu un froid et personne n'a parlé pendant quelques minutes. Puis, les rires ont recommencé comme si rien ne s'était passé. Moi, j'ai vu que maman n'avait pas aimé cela. Elle regardait papa. Il était triste. Maman n'aimait pas cela.

Ce furent les dernières Fêtes que nous avons passées à la campagne. Après cela, grand-père est parti voir le Bon Dieu et toutes les autres Fêtes, nous les avons passées dans le manoir.

***

Quand je me suis réveillée le lendemain de Noël — très tard — déjà, Pete et mes cousins étaient debout et faisaient du bruit pour avoir leurs cadeaux. Les adultes leur racontaient que le Père Noël était passé par la cheminée pour les leur laisser. Moi, je ne croyais pas cela. Il suffit de voir comment la cheminée est petite chez grand-père pour se rendre compte que ça ne peut pas être vrai. Mais les adultes s'amusaient beaucoup à raconter cette histoire. Si ça les amuse...

Comme nous avions mangé beaucoup dans la nuit, personne n'avait vraiment faim. Tante Charlotte avait fait de la soupane et chacun s'en servait quand il le voulait. À un moment, grand-père s'est installé dans sa chaise berçante et a distribué les cadeaux. Il y a en avait pour les enfants, bien sûr, mais aussi pour les adultes. Oh, c'était des petites choses, mais les enfants étaient très contents de les recevoir. Les adultes, eux, ils faisaient semblant d'être contents. Tout le monde s'embrassait et se remerciait.

Quand la distribution des cadeaux était terminée, il y avait comme un rituel. Les messieurs se sont habillés et sont partis dehors pour aider grand-père. Chaque fois que nous allions passer les Fêtes chez grand-père, papa, oncle Albert et oncle Charlie en profitaient pour faire un grand ménage dans les bâtiments de ferme, en particulier l'étable qui était très sale. Grand-père n'était pas capable de faire cela tout seul et il n'avait pas assez de sous pour engager des ouvriers pour l'aider. Alors les messieurs prenaient une partie de la journée pour l'aider.

Ensuite, Pete et les cousins s'habillaient pour aller jouer dehors dans la neige. Moi, j'aidais les dames à ranger et surtout à faire la vaisselle, je prenais un torchon sec et j'essuyais avec précaution les grandes assiettes. Je n'en faisais pas beaucoup, mais elles étaient très propres quand j'avais fini.

La dernière fois que nous sommes allés à la fête de Noël chez grand-père, nous avons fait le même rituel. Cette fois, Madeleine, ma cousine, était restée là-haut dans la chambre avec Charlotte. Je me demandais pourquoi. Quand j'ai voulu aller la voir, maman m'a empêchée en disant de rester avec elle pour faire la vaisselle.

Habituellement, ce moment où les dames faisaient la vaisselle était joyeux. On riait beaucoup, on s'amusait de tout et de rien. Mais cette fois-là, c'était plus sérieux. Cela a commencé quand tante Jeanne s'est mise à parler de grand-mère.

— Vous vous souvenez le plaisir que nous avions avec maman quand nous faisions la vaisselle. Elle était si gaie.

Tante Phonsine a ajouté.

— Oui, je ne sais pas où elle prenait sa joie de vivre et son courage. Ici, à la ferme c'était si difficile. En plus, avec sa petite jambe, ce n'était pas évident. Maudite polio !... Quel âge avait-elle quand ça lui est arrivé ?

— Je pense qu'elle devait avoir une dizaine d'années, avait dit maman. Elle n'en parlait pas souvent de sa jambe. Elle ne se plaignait jamais, pourtant ça devait lui faire mal la plupart du temps. Elle avait parfois tellement de difficulté à marcher, surtout les journées d'orage. Puis ses quatre accouchements... en plus, elle était grosse comme un fil... Pauvre maman.

— C'était une sainte, notre mère. Une sainte. Elle est sûrement au paradis maintenant après toute une vie de sacrifice.

Maman a repris.

— Vous vous rappelez les belles poupées qu'elle nous faisait avec ses doigts de fée quand nous étions petites. Elle trouvait toujours le moyen d'en faire des différentes qui reflétaient notre personnalité. Moi, je me souviens, elles avaient toujours les cheveux noirs et maman me mettait des yeux avec les sourcils relevés, comme si j'étais toujours en colère.

— Ouais, elle avait bien raison là-dessus, avait dit tante Phonsine.

Et tout le monde était parti à rire aux éclats.

— Toi Phonsine, elle était rousse avec une moue, comme si elle maugréait tout le temps, jamais contente de son sort.

Tante Phonsine n'a rien dit et elle n'a pas ri non plus.

— Puis toi, Jeanne, elle était brune avec des tresses. Avec des yeux ronds et un air naïf.

— Ce que je suis toujours, a dit tante Jeanne.

— La plus belle allait à Charlotte, toute blondinette. Elle réussissait à lui faire un visage d'ange. Je ne sais pas comme elle s'y prenait. Ah Charlotte ! C'était sa petite dernière et sa préférée. Elle disait qu'elle était arrivée comme un cadeau du ciel sans vraiment s'y attendre.

Puis, il a eu un silence et tante Jeanne a repris.

— Elle me manque malgré les années. Elle mettait tellement de vie et de joie dans cette maison…

—… qui, il faut bien le dire n'était pas joyeuse tous les jours, avait dit Phonsine. Tout allait bien quand papa n'était pas là. Mais quand il revenait, la joie retombait.

— Tu exagères un peu, là, avait dit Tante Jeanne. Papa n'est pas si rabat-joie. C'est vrai, il est sévère et ne rit pas beaucoup. Mais ce n'est pas ce qu'on demande à un père.

— Qu'est-ce qu'on demande donc à un père ? avait répondit tante Phonsine.

— On lui demande de bien faire vivre sa famille, ce qu'il a fait en s'occupant de la ferme.

— C'est vrai, qu'il s'occupait bien de sa ferme. Il s'occupait même plus de ses animaux que de nous.

— Tu exagères encore, Phonsine. Tu vois comment il s'est occupé de Charlotte après que maman soit morte.

À ce moment-là, tout le monde a fait silence pendant un temps. Je ne comprenais pas pourquoi il y avait une sorte de malaise quand

118

on parlait de tante Charlotte. Comme elle n'était pas là, Tante Phonsine a continué à parler d'elle.

— Ouais notre Charlotte. Il l'a bien sortie du pétrin, ça, c'est sûr.

Et là, maman a dit.

— Ça dépend ce que tu entends par « sortir du pétrin » ?

— Ben voyons, Ida. Tu sais ce dont je veux parler. La petite...

Tante Jeanne a repris.

— C'est quand même papa qui s'est occupé d'aller la cacher chez les Sœurs de la Miséricorde pendant tout le temps de sa grossesse. Il s'est occupé d'elle ensuite.

— C'était le moins qu'il puisse faire... avait dit maman.

— Voyons Ida... Il aurait pu la renier comme l'ont fait bien d'autres parents. Il aurait pu l'obliger à abandonner l'enfant... Au contraire, il les a reprises avec lui, elle et la petite.

—... Ça faisait bien son affaire, a dit maman. Elle a continué à le torcher et à...

— Et puis, qu'est-ce que j'aurais fait, moi, si je n'avais pas ma petite Madeleine ? a dit tante Jeanne. Je ne pouvais pas avoir d'enfant, Charlie et moi avions tout essayé. Charlie aime tellement les enfants. Puis Madeleine, elle est si adorable... jolie aussi... elle ressemble à sa mère...

Là, toutes les dames se sont arrêtées de faire ce qu'elles faisaient... en attendant que quelqu'un parle de nouveau. Finalement, tante Phonsine a dit :

— Voulez-vous bien me dire ce que Charlotte a pensé de se retrouver dans une telle situation? Elle était si jeune et si innocente. Puis comment a-t-elle pu rencontrer quelqu'un ici, dans le fin fond de la campagne? Elle ne l'a jamais dit.

Tante Jeanne a répondu.

— C'est vrai qu'il venait parfois des voyageurs de commerce. Il est même arrivé qu'ils couchent à la maison parce qu'il était trop tard pour repartir... Je ne vois que ça...

—... ou autre chose... avait répondu maman après une hésitation.

— Quoi, Ida, l'opération du Saint-Esprit? avait dit tante Phonsine en riant.

Puis comme par magie, toutes les dames se sont mises à devenir très sérieuses, d'un coup, comme si elles avaient été frappées par la même idée en même temps. C'est tante Jeanne qui a parlé la première.

— Non, ce n'est pas possible. Pas possible. Ida, dis-moi que ce n'est pas possible.

Maman ne disait rien, mais regardait les deux autres avec insistance. Il y avait dans ses yeux du feu, plein de colère. Ce n'était pas la première fois que je voyais cela dans les yeux de maman. Les deux autres la regardaient, comme si elles ne croyaient pas à l'idée qui venait de monter dans leur esprit. C'est Phonsine qui a parlé en premier.

120

— C'est vrai que nous nous sommes toutes les deux mariées la même année. Toi Ida, tu étais déjà partie de la maison. Nous avions tellement hâte de quitter après la mort de maman. La maison était si triste, si triste.

—… et Charlotte était encore trop jeune pour partir, avait dit tante Jeanne. Heureusement qu'elle est restée pour aider papa…

— Oui… pour l'aider…, avait dit maman en regardant tante Jeanne avec intensité.

— Ce n'est pas possible, voyons. Ça ne se peut pas, des choses comme cela.

Puis là, tante Jeanne était partie à pleurer tout doucement. Je n'ai pas compris pourquoi elle pleurait. Elle a ajouté en branlant la tête.

— Ce n'est pas possible.

Maman a pris tante Jeanne dans ses bras et l'a laissé pleurer sur son épaule un temps. Enfin, elle lui a dit.

— Non, c'est vrai, Jeanne… ce n'est pas possible… oublie ça… oublie ça… Il y a parfois des choses dont il vaut mieux ne pas parler.

C'est cette année-là que grand-père est parti voir le Bon Dieu. Et nous ne sommes jamais revenus fêter Noël à la ferme.

122

CHAPITRE 6 : Aux marches du palais

Ça sent bon quand la neige commence à fondre. C'est beau aussi. Le soleil est très fort ; quand il s'y met, la neige n'a qu'à bien se tenir. Ce qui reste de cette neige est toute grise et sale. À certains endroits. Elle est même presque noire, surtout devant la petite bicoque. Mais elle fond très vite.

À cette période, maman travaillait très fort. Elle disait souvent : « Il faut que je finisse cette *batch* au plus vite ». Elle travaillait tard dans la soirée et commençait tôt le matin. Elle était fatiguée, je le voyais bien. Elle avait de grands cernes sous les yeux. Pour ne pas la déranger, je lui demandais la permission d'aller jouer dehors. Elle me disait alors : « Tu peux y aller ma Peggy, mais reste bien dans la ruelle. Il y a trop d'autos devant la maison. » Je sais bien que c'est dangereux devant la maison, à cause des autos, alors je n'y vais pas. Mais dans la ruelle, c'est moins drôle. Tout ce qu'il y a à voir, ce sont le derrière des autres vieilles bicoques, les cordes à linge pleines de vêtements qui sèchent et les escaliers de bois tout tordus.

Quand je suis sortie, il y avait déjà des enfants qui jouaient au ballon, qui se criaient des noms ou se chamaillaient et se bousculaient, des garçons surtout. Les filles, elles jouaient à l'enfer et au paradis en sautant d'un pied sur l'autre. Elles ne voulaient jamais jouer avec moi. « T'es bien trop grande pour jouer avec nous », qu'elles me disaient. Les garçons, eux, ils se moquaient de moi, me faisaient des grimaces. Mais cela ne me faisait rien, je continuais à leur sourire.

Ce que j'aimais bien, c'est quand les voisins de l'autre côté de la rue sortaient mon ami Henri. Il est en fauteuil roulant. Ils le descendaient du deuxième étage en prenant toutes les précautions du monde. Ils le laissaient au bord de la ruelle afin qu'il puisse profiter du soleil et regarder les autres jouer. Les autres enfants avaient peur de lui et ne s'approchaient jamais. Pas moi. J'allais le voir chaque fois qu'il était là. Il a toujours l'air très content quand j'arrive. Il s'agite dans son fauteuil et les bras lui partent dans toutes les directions. Ça veut dire qu'il est content de me voir. Il ne parlait pas, comme moi.

Parfois, quand il tentait de parler, je le comprenais. C'est la même chose pour lui quand je lui parlais... quand je lui parlais à ma façon, bien sûr. Nous nous comprenions, il me semble. Je lui disais que maman travaillait fort et qu'elle était fatiguée. Il me disait qu'il avait mangé du bon poulet au dîner. Des choses comme ça, quoi. Nous nous comprenions, mais personne d'autre ne nous comprenait avec nos simagrées et nos sons bizarres.

Il est très gentil. Je l'aime bien, Henri. C'est mon ami. Il me défend aussi. Quand un ou deux garçons voulaient s'approcher pour me taquiner, il leur faisait peur en agitant les bras, en criant et en faisant des grimaces. Ils partaient tout de suite en courant. Après cela, il me regardait avec une petite lueur dans les yeux en me disant à sa façon : « Ils ne t'embêteront plus tant que je serai là ». Et moi, je lui répondais par des petits sons et des grognements : « Ça ne me fait rien, tu sais. Si ça les amuse. »

Ce jour-là, nous avons bien ri tous les deux. Quand il rit, Henri le fait d'une bien bizarre de manière. Il s'agite dans tous les sens, sa bouche reste grande ouverte, et il sort des sons pas possibles. Si l'on ne savait pas qu'il riait, on penserait qu'il fait une crise. Bref, il est arrivé quelque chose de très drôle. Nous avons vu arriver M. Poitras dans la ruelle en zigzaguant et en s'arrêtant à chaque poteau pour se tenir. M. Poitras est plutôt gros. Pas très grand, mais gros. Il avait un chapeau sur la tête qui ne lui faisait pas du tout, car il était trop petit pour lui. Il passait son temps à le tenir ou à le ramasser.

M. Poitras est arrivé près de sa maison. Son logement étant au deuxième étage, il devait prendre l'escalier de bois qui branlait sous son poids. Il a commencé à monter en se tenant à la rampe solidement. Il semblait faire beaucoup d'effort pour se tenir sur ses pieds. Arrivé à mi-chemin, il a levé la tête et a vu Mme Poitras qui l'attendait sur le palier. Mme Poitras, c'est une toute petite femme maigrelette aux cheveux noirs. On ne le dirait pas comme cela, mais elle a beaucoup d'énergie.

Quand M. Poitras a vu Mme Poitras, il s'est arrêté tout net. Après un instant d'hésitation, il lui a dit.

— Allô mon minou ! Tu prends du soleil ?

Puis, il a vu qu'elle tenait une poêle à la main.

— T'étais en train de faire cuire un steak ?

Mme Poitras n'avait pas l'air contente du tout. Elle lui a répondu :

— Où est-ce que t'étais encore passé, Roger ?

— Ben voyons, mon Minou, je cherchais une job, comme tous les jours.

M. Poitras, quand il parlait, on aurait dit qu'il avait des patates chaudes dans la bouche.

— Maudit menteur, que lui a répondu Mme Poitras. T'as encore passé la journée à la taverne.

— Pas toute la journée, mon minou. Juste un peu. Il fallait quand même que je me repose. C'est difficile, tu sais, de trouver une job.

— C'est sûr, les jobs sont rares à la taverne. Pis, c'est pas tes chums qui vont t'aider. Y sont aussi flanc-mou que toi.

— Ben voyons, mon minou...

— Crisse de soulon ! Tu sers juste à dépenser les sous qu'on a. Tu sers à rien, maudit flanc-mou !

— Ben mon minou... Laisse-moi t'expliquer...

— Va cuver ta bière ailleurs. Moi, je veux plus te voir icitte. Sacre ton camp !

Là, M. Poitras a voulu monter une marche de plus pour s'approcher de Mme Poitras. Elle a levé sa poêle bien haut dans les airs, comme pour le frapper. Alors M. Poitras a eu peur. Il a voulu se retourner pour descendre, mais il a perdu pied, est tombé sur son derrière et a descendu le reste des marches sur les fesses. En descendant, il a perdu son petit chapeau qui a disparu sous l'escalier. Arrivé en bas, il s'est relevé en se frottant le derrière, a saisi au plus vite son chapeau et est parti en trottinant pendant que Mme Poitras lui criait.

— Mon crisse de soulon, ne reviens plus jamais icitte !

Dans la rue tout le monde s'était arrêté de faire ce qu'il faisait et riait beaucoup. Quand M. Poitras est passé devant les garçons, ils se sont moqués de lui en lui criant.

— *Chicken* ! T'as peur d'une p'tite bonne femme comme ça ?

Pas longtemps après cela, Henri et moi, nous avons vu arriver en courant un gamin tout barbouillé de noir qui tenait une poche de jute à la main. Elle avait l'air lourd. Il courait très vite. Puis, il est entré dans l'une des maisons au rez-de-chaussée. Derrière lui, il y avait un grand policier qui courait moins vite que lui. Il était vraiment grand. Il essayait de rattraper le gamin. En arrivant près des garçons, il s'est arrêté tout essoufflé et leur a demandé.

— Avez-vous vu le voleur ?

Les garçons avaient pris leur air le plus innocent et faisaient tous non de la tête.

— Ben oui, il est entré dans ruelle en courant avec une grosse poche de charbon. Il vient juste d'en voler dans le port.

Les garçons faisaient semblant qu'ils ne savaient pas de quoi il parlait.

Le policier s'est alors approché de nous, Henri et moi. Il nous a regardés avec un air de dire : « Ça ne sert à rien de leur parler à ces deux-là ». Puis est reparti par où il était venu.

Les garçons se sont tous mis à rire en même temps en regardant la porte où le voleur était entré et ils ont continué à jouer au ballon.

C'est vrai que ce n'est pas beau de voler. Rose m'a déjà parlé d'un des commandements de la Bible qui disait : « Tu ne déroberas point ». « Dérober », ça veut dire voler. Le Bon Dieu, il ne veut pas qu'on prenne ce qui ne nous appartient pas. Mais il faut dire quand même que lorsqu'une famille n'a pas de sous pour acheter de quoi chauffer le poêle, ce n'est pas bien non plus. C'est compliqué parfois !

Puis, j'ai entendu maman crier : « Peggy, rentre à la maison ». Je lui ai fait un signe, et j'ai salué mon ami Henri de la main. Il s'est mis de nouveau à s'agiter sur son siège.

Arrivée à la maison, j'ai vu que Loulou était arrivée. Presque tous les samedis, Loulou vient faire un tour à la maison. Loulou, c'est vraiment la meilleure amie de maman. Dès que je suis entrée, les deux avaient un grand sourire. Elles m'ont prise par la main toutes les deux et m'ont amené dans le salon près du fauteuil. Elles m'ont montré une belle robe qui était étendue là. Je ne l'avais jamais vu auparavant. Maman a dit :

— Regarde ce que Loulou t'a donné. Une belle robe ! Elle n'est pas neuve, mais elle est plus propre que celle que tu as.

Je ne comprenais pas ce que maman voulait dire. La robe que j'avais était propre. Je faisais bien attention de ne pas la salir. En tout cas ! Maman m'a demandé d'essayer la nouvelle robe. C'est ce que j'ai fait. Je savais comment faire parce que j'essayais presque tous les jours de nouvelles robes lorsque nous habitions le manoir. Elle était bleu foncé avec une collerette blanche. Quand je l'ai essayée, je trouvais qu'elle me faisait bien, mais maman s'est mise à faire des ajustements avec des épingles en disant à chaque fois : « Il faudra rétrécir ici, élargir là ». Quand l'essai a été terminé, il y avait plein d'épingles partout. Je sais que maman allait travailler sur la robe pour une partie de la journée. Elle est bonne couturière, maman.

— Tu sais comment j'aurais aimé pouvoir t'aider lundi, a dit Loulou. J'aurais pu garder la grande.

— Non, c'est correct comme ça. De toute façon, je tiens à ce que Peggy m'accompagne.

— Un palais de justice, ce n'est pas la meilleure place pour elle.

— Peut-être. Peut-être.

— En plus, es-tu certaine de pouvoir entrer ? Étant donné la publicité autour de Kenny, il va y avoir une foule pour l'attendre de pied ferme aux portes du Palais de Justice. Ils vont sûrement tous vouloir entrer. Je te dis qu'ils ne le manqueront pas. Ils lui mettent tout sur le dos : la pauvreté, le chômage, même la Crise. En plus, on le traite de fraudeur.

Alors maman a dit entre ses dents.

— Il peut bien crever…

Puis, elle a ajouté.

— Nous allons pouvoir entrer, ne t'inquiète pas. Après tout, nous sommes de sa famille, non ? De toute façon, il s'agit seulement de l'enquête préliminaire.

— Ah ce n'est pas le procès ?

— Non, Loulou, pas encore. Il faut que le juge décide s'il y a assez de preuves pour l'emmener au procès.

— Ça veut dire qu'il est possible qu'il n'y ait pas de procès.

— Oui, c'est possible… Mais je t'avoue qu'étant donnée la pression populaire, ce sera difficile pour le juge de ne pas l'emmener au procès. Encore faut-il que le juge ne soit pas acheté. Kenny est capable de tout...

— Tu penses vraiment qu'il serait capable de ça.

— Eh oui ! Je n'ai plus aucune illusion sur mon charmant beau-frère. Aucune.

Loulou et maman ont cessé de parler. On entendait toujours les garçons crier dehors en jouant au ballon.

***

Maman et moi, nous sommes descendues du tramway juste en face d'une place où l'on apercevait la statue en bronze d'un grand monsieur. Il portait fièrement un drapeau dans une main alors qu'il tenait une épée dans l'autre. Il avait aussi un large chapeau au bord relevé, une tunique, des pantalons et de hautes bottes aux bords repliés. Autour de lui, d'autres messieurs étaient déguisés de la même façon, sauf pour un Indien avec des plumes qui n'avait pas beaucoup de vêtements sur lui.

Je tenais maman par la main pour nous rendre au Palais de justice. Il fallait descendre une grande côte. C'était amusant. Maman m'a empêchée d'aller trop vite. Lorsque nous avons tourné le coin de la rue, j'ai entendu des cris. Une grande foule était rassemblée devant un bâtiment « imposant ». Il était en pierres grises, carré comme une boîte de chaussures. Le plus impressionnant, c'était les grandes colonnes qu'on voyait devant. Il y avait une, deux, trois, quatre, cinq…. C'était trop. Il y en avait trop pour toutes les compter.

J'avais quand même un peu peur lorsque nous nous sommes approchées de la foule. Il y avait plein de messieurs, mais aussi des dames qui criaient avec le poing levé : « En prison, le *crook* » ou encore « Maudit bandit d'Anglais ». Ils hurlaient des choses très vilaines. Je ne savais pas de qui ils parlaient. Maman et moi, nous nous sommes approchées par le côté et faufilées dans la foule. Ce n'était pas facile parce que nous nous faisions bousculer. Mais maman, elle est forte. Elle poussait les gens devant elle et me tirait par la main.

Arrivées près des marches du palais, nous nous sommes arrêtées. Au coin de la rue, un camion tout noir a tourné au ralenti. Des policiers poussaient les gens qui attendaient et qui criaient de vilaines choses. Le camion, c'était une espèce de grosse boîte carrée sur des roues toutes minces. Il y avait de petites fenêtres en hauteur sur les côtés. Quelque chose était écrit en grosses lettres en dessous de ces fenêtres. J'ai reconnu un « p » et un « c ». Je ne sais peut-être pas lire, mais je suis capable de reconnaître certaines lettres. Je ne suis pas idiote !

Quand le camion est arrivé à la hauteur des escaliers menant aux portes au fond du portique, il s'est arrêté. Certains messieurs dans la foule ont réussi à cogner sur le camion avec leur poing avant que les policiers les repoussent un peu plus loin. La bousculade était forte, les chapeaux et les casquettes tombaient par terre. Des dames pleuraient parce qu'on les poussait trop fort.

Finalement, beaucoup de policiers sont sortis de l'édifice avec un grand bâton noir dans les mains et ils ont commencé à bousculer assez fort les gens jusqu'à ce qu'il se forme un cercle vide autour du camion. Certains ont reçu quelques coups. Ils se prenaient la tête à deux mains. Cela avait l'air de faire très mal. Je n'ai pas aimé voir cela. Je n'aime pas lorsque des gens se font faire du mal, même quand ce sont des policiers qui le font.

Puis, la porte du camion s'est ouverte derrière. J'ai vu d'abord un grand policier descendre, puis un autre. À ce moment-là, on avait permis à des messieurs d'installer des trépieds avec dessus un appareil photo sur le palier au-dessus des marches. Je sais que c'était des appareils photo parce que papa en avait acheté un pour nous prendre en photos, toute la famille, puis de la maison et du jardin et des automobiles. Papa aimait bien cela, prendre des photos.

Lorsqu'un monsieur en complet gris est apparu dans le camion, la foule s'est alors mise à hurler. On criait, on montrait le poing. C'était difficile à entendre, je me suis bouché les oreilles. Le grand monsieur avait aux poignets une espèce de bracelet en métal qui lui retenait les deux mains ensemble. Il essayait de cacher son visage en tenant son chapeau vers le bas de ses deux mains — il ne pouvait pas d'une seule main. Comme il fallait qu'il descende les deux marches du camion, il a dû enlever les mains de son chapeau. C'est alors que j'ai été très surprise de reconnaître oncle Kenny.

Que faisait-il là, oncle Kenny ? J'ai regardé maman avec un air interrogatif. Mais elle ne me voyait pas. Elle ne faisait que regarder oncle Kenny. Son visage était très dur et ses yeux étaient en feu. Oncle Kenny avait le visage pâle ; il était effrayé. Je le reconnaissais à peine, lui qui avait toujours l'air si sûr de lui. J'ai voulu lui envoyer la main, parce que ça faisait longtemps que je l'avais vu, mais maman m'a empêché de le faire. De toute façon, oncle Kenny ne regardait rien d'autre que ses pieds.

Juste avant d'arriver en haut des marches, un des messieurs dans la foule a réussi à s'approcher de lui. Il lui a donné une grande claque derrière la tête. Son chapeau est tombé par terre et a roulé très loin. Quand oncle Kenny, qui s'était penché sous le choc, s'est relevé, il était tout dépeigné. Alors je suis parti à rire. C'était la première fois que je voyais oncle Kenny dépeigné. J'ai regardé maman, mais elle ne riait pas. Pas du tout. Elle avait toujours les yeux pleins de feu. En haut des marches les deux policiers qui encadraient oncle Kenny se sont arrêtés afin que les messieurs avec leur appareil puissent prendre des photos. Et ils en ont pris pas mal, des photos. Ensuite, les policiers et oncle Kenny sont entrés par la grande porte du Palais de Justice.

Maman m'a de nouveau tiré par la main et nous nous sommes approchées de la porte. Il y avait d'autres personnes qui, comme nous, voulaient entrer. Des policiers nous ont arrêtées. Maman a expliqué qu'elle était de la famille et qu'elle voulait assister au procès. Les policiers lui ont demandé une pièce d'identité.

— Ida McIntyre ! Vous êtes sa sœur.

— Non, sa belle-sœur.

Et ils nous ont laissé passer. En entrant, j'ai vu de grands lampadaires en bronze se terminant par des sortes d'abat-jours renversés qui ressemblaient à des fleurs. À des tulipes ! Oui c'est ça : des tulipes. Il y en avait beaucoup dans le jardin d'hiver de maman. Par contre, c'est en levant la tête pour regarder le plafond — qui était très haut — que j'ai compris pourquoi on appelait cela un palais. Le plafond était tout décoré et sculpté en brun et en rouge foncé avec des dessins en or : c'était des balances, comme celles sur le comptoir de la pharmacie qui servent à mesurer le poids des médicaments. Je me suis demandé pourquoi il y avait des balances comme cela. Ce n'était pas une pharmacie ici ? En tout cas !

Je regardais toujours le plafond tellement il était beau lorsque maman m'a de nouveau tirée par la main. Nous nous sommes approchées du grand comptoir en bois. Il était haut, ce comptoir. On ne voyait que la tête d'un petit monsieur avec des lunettes et pas de cheveux. Quand il nous a regardée — on aurait dit qu'on le dérangeait —, maman a demandé la salle où se déroulait l'enquête préliminaire de Kenneth McIntyre. Le petit monsieur a seulement indiqué une porte avec sa main et a continué à écrire quelque chose sur le comptoir. Ce devait être important, parce qu'on l'avait dérangé et qu'il avait hâte de continuer à écrire.

Nous nous sommes approchées de la porte. Il y avait là déjà plusieurs personnes qui attendaient pour entrer. Certains étaient assis sur un banc collé sur le mur ; d'autres attendaient debout en marchant de long en large. En arrivant près de la porte, une dame avec un grand chapeau à plume s'est levée et est venue vers nous. C'était une grande dame plutôt corpulente. D'abord, je ne l'ai pas reconnue. Il me semblait l'avoir déjà vue il y a très longtemps. Puis, les souvenirs me sont revenus — je me souviens de tout. C'était ma tante Nelly. Nous ne l'avions pas rencontrée souvent, tante Nelly. Je crois qu'elle est venue deux ou trois fois au manoir pendant tout le temps où nous y avons habité. C'était la sœur de papa, du moins l'une de ses sœurs. Je ne sais pas combien papa a de sœurs ou même s'il en a d'autres. En tout cas, tante Nelly est la seule que je connais.

Je me souviens bien la dernière fois qu'elle est venue au manoir. Elle était avec un monsieur ; un petit monsieur qui ne parlait pas beaucoup. Il me semble que c'était son mari, mais je n'en suis pas sûre. Je ne l'ai rencontré que cette fois-là. Il avait l'air très impressionné par le manoir. Tante Nelly avait été gentille avec moi. Tout le monde s'est installé au salon. La femme de chambre nous a servi le thé. Moi, je me suis assise à ma place habituelle en jouant avec mes doigts. Tante Nelly a commencé à parler en anglais en me regardant. Elle semblait vouloir que je m'en aille, mais maman lui a dit quelque chose et tante Nelly a semblé satisfaite de sa réponse.

Ensuite, l'entretien a été plutôt pénible, c'est du moins ce que j'ai cru comprendre. Tante Nelly a longuement parlé. On aurait dit qu'elle donnait beaucoup de détails. Puis, à un moment, elle s'est mise à pleurer. Son mari assis près d'elle n'a pas bougé. Il ne disait

134

rien, se contentant de baisser la tête. À ce moment-là, il y a une conversation assez longue entre tante Nelly et papa. Maman ne disait rien pendant ce temps-là. Tante Nelly avait l'air très triste et pleurait en parlant. Elle avait sorti un grand mouchoir en dentelles de sa poche et s'essuyait régulièrement les yeux.

À un moment, papa s'est levé pour se rendre à son bureau. Pendant ce temps-là, Tante Nelly et maman ont dit quelques mots ensemble en lorgnant de mon côté. Je ne sais pas ce que maman a dit, mais tante Nelly m'a de nouveau regardée en essayant de sourire. Elle m'a dit en français avec un accent très fort : « Ma petite Peggy, tu as bien grandi ». Je lui ai souri à ton tour. Je savais qu'elle était triste et j'ai voulu lui sourire pour qu'elle ne le soit plus. Je suis triste quand les gens autour de moi sont tristes. Je veux toujours les rendre plus gais.

Puis, papa est revenu de son bureau avec un grand cartable. Il s'est assis sur la chaise en face du petit secrétaire tout joli qu'il y avait près du mur. Il a écrit quelque chose avec sa belle plume noire, celle qui a un bout en or. Puis, d'un geste bref, il a arraché un petit morceau de papier, s'est levé et est venu le remettre à tante Nelly. Celle-ci a regardé le bout de papier et est de nouveau partie à pleurer. Elle a pris les mains de papa et les a mises sur sa joue en lui disant plusieurs fois : « *Thank you, thank you, thank you* ». Je me rappelle ces mots, mais je ne sais pas ce que ça veut dire. En tout cas, elle avait l'air très content de ce morceau de papier. Elle s'est de nouveau essuyé les yeux, a mis son mouchoir dans sa sacoche en même temps que le papier. Son mari et elle se sont levés. Tante Nelly a embrassé papa bien fort ; elle a aussi embrassé maman. Je n'ai pas revu tante Nelly depuis ce jour. C'est pour cela que j'ai eu de la difficulté à la reconnaître.

Tante Nelly s'est donc avancée vers nous quand elle nous a vus. Elle a tendu les deux mains à maman. Elle avait de beaux gants en cuir. Puis, elle m'a regardé en disant avec un accent :

— Peggy est de plus en plus jolie.

Je lui ai souri, comme d'habitude. Ensuite, elle a ajouté en parlant à maman.

— C'est terrible ce qui arrive à votre famille. Terrible !

Maman était encore très en colère, mais je sentais bien qu'elle se retenait.

— Sans doute, mais c'est ainsi. Personne n'y peut rien.

— Je suis vraiment désolée pour ce que mon frère a fait. Il a toujours été égoïste. Il était comme cela tout jeune. Il voulait tout avoir et ne partageait jamais ses jouets. Il faisait toujours des mauvais coups sans s'apercevoir du mal qu'il faisait.

— Et plus vieux, le mal qu'il fait est beaucoup plus grand encore.

— Je sais bien. Je comprends. Il n'a pas été tendre pour nous non plus, tu sais. En réalité, c'est Bruce et toi qui nous avez aidés quand nous étions dans le besoin. Au fait, comment va Bruce ?

— Il est à l'Asile de la Providence. Les sœurs en prennent bien soin.

— Un presbytérien soigné par des papistes ???

— Elles sont très humaines, tu sais. Très généreuses. Avoir du cœur n'a pas de religion.

Il y a eu alors un silence. Dans ces moments-là, maman dit toujours qu'un ange passe. Mais moi, je n'en ai jamais vu passer.

136

C'est vrai qu'un ange, c'est invisible ; c'est Rose qui me l'a dit. Mais ça ne veut pas dire que ça n'existe pas. Il y en a de toutes les sortes, des anges. Même que nous en avons tous un qui nous aide. On appelle cela un ange gardien. Moi, je sais que j'ai un ange gardien. Il est toujours tout proche de moi. Parfois, j'aimerais bien le voir pour lui parler, mais il est invisible. Les seules fois que je l'ai vu, c'est en rêve. Il avait de grandes ailes, comme sur les livres d'images. Il était tout illuminé et il me regardait avec bonté. Oui, j'ai un ange gardien qui veille sur moi.

En tout cas, l'ange qui passait est resté quand même un peu plus longtemps que d'habitude. Ensuite, tante Nelly s'est décidée à parler.

— Ma chère Ida, si tu as besoin un jour, n'hésite pas à m'appeler. Tu connais mon numéro de téléphone ?

— Non.

À ce moment-là, tante Nelly a griffonné quelque chose sur un bout de papier et l'a remis à maman. Elle a ajouté en reprenant les mains de maman.

— Au revoir, Ida. Au revoir Peggy.

Puis, tante Nelly est entrée dans la salle dont la porte venait de s'ouvrir. Nous l'avons suivie après avoir laissé entrer tous les autres qui attendaient.

Il n'y avait presque plus de places lorsque nous sommes entrées dans la salle. Nous nous sommes assises sur les bancs de bois avec des dossiers faits de barreaux. Ce n'était pas très confortable ni pour les fesses ni pour le dos. La salle n'était pas grande. On pouvait voir en avant un grand panneau de bois de la couleur caramel avec de la sculpture au sommet. Il y avait un crucifix au milieu. En dessous, on voyait un fauteuil et un grand comptoir surélevé. Ça faisait très « solennel ».

Oncle Kenny était assis d'un côté. Un monsieur bedonnant portant une grande robe noire avec une bavette blanche était installé près de lui. De l'autre côté, on pouvait aussi voir deux autres messieurs avec le même genre d'accoutrement. Ils ressemblaient à monsieur le curé ou au vicaire, mais ce n'était pas des curés ni des vicaires.

À un moment, un monsieur en uniforme est venu se planter en avant et a crié quelque chose en anglais. Tout le monde s'est levé. Je me suis levée aussi, évidemment. Après un moment, un vieux monsieur est sorti par une porte de côté. Il était habillé d'une robe aussi, avec une cape où il y avait du minou blanc sur les bords. Il a monté quelques marches en se tenant à une rampe, puis il s'est assis dans un fauteuil en face du grand comptoir. On ne voyait que sa tête, des cheveux blancs et une barbichette blanche aussi. Il a pris un marteau qui devait traîner sur le bureau. Pourtant, il n'avait pas l'air d'un journalier ? Il a cogné un grand coup avec le marteau. Ça m'a surprise et j'ai sursauté. Il a dit quelque chose, puis nous nous sommes tous assis de nouveau.

L'un des deux messieurs assis du côté du mur s'est levé, celui qui avait les cheveux comme une brosse de plancher, et il s'est mis à parler, en anglais toujours. Il parlait et il parlait. Il faisait de grands gestes en même temps. Il avait l'air choqué. Je ne comprenais rien. Je me suis tournée vers maman, mais elle avait l'air si concentré — et si furieux — que je n'ai pas osé la déranger. À un moment, j'ai entendu quelqu'un chuchoter des choses juste derrière moi. On aurait dit qu'une personne traduisait à une autre personne ce qui se passait en avant. Comme j'ai l'oreille fine, j'ai tendu l'oreille.

— C'est le procureur. Il dit au juge comment McIntyre... a fraudé sa propre compagnie... en sortant de l'argent par toutes sortes de moyens... et en la mettant dans des comptes personnels.

L'autre répondait parfois en disant « Quel bandit, ce McIntyre ! » ou des choses comme cela.

Le monsieur avec des cheveux comme une brosse parlait toujours. Il n'arrêtait pas. Je regardais autour pour voir qui était là. Mon regard s'est arrêté sur un jeune homme. Il ressemblait comme deux gouttes d'eau à Pete, mais ce n'était pas Pete. Mon Pete s'était envolé vers le ciel... et je n'ai pas pu lui dire au revoir. La dernière fois que nous nous sommes vus, il y a un bout de temps déjà, Pete était très énervé. En fait, il était plutôt excité. Ça lui arrivait parfois d'être excité. Il fallait que maman le reprenne souvent.

La dernière fois que je l'ai vu, il était encore tout excité. Il parlait tout le temps, comme le monsieur en avant. La plupart du temps, il parlait en anglais et je ne le comprenais pas. Il est arrivé qu'il change de langue, et là je me souviens de ce qu'il disait — je me souviens de tout.

— Mais oui maman, je vais être très riche, tu verras.

— À quoi cela va-t-il te servir Pierre, si tu perds ton âme ?

— Ben voyons ! qu'est-ce que tu racontes ?

— Tu commences à ressembler de plus en plus à ton oncle Kenny.

— Non, ça, ce n'est pas vrai. Je ne veux pas être comme oncle Kenny. Tu devrais voir comment il traite ses secrétaires et ses employés. Je ne serai jamais comme ça. Quand j'aurai ma *business* à moi, je ne ferai pas cela.

— Mais pourquoi donc veux-tu avoir ta *business* à toi ? Ton père est prêt à te laisser les rennes lorsque tu seras prêt.

— Tu ne comprends pas, maman. Je ne serai jamais prêt pour papa. Il me voit encore comme un petit garçon. Je dois lui prouver que je suis capable tout seul. Et je suis en train d'y arriver. Mes placements rapportent beaucoup d'argent.

— C'est très risqué, Peter, ce genre de placements.

— Ah ça, c'est la différence entre vous et moi. Vous ne prenez jamais de risques. À quoi ça sert de vivre si on ne prend pas de risques ?

Il avait éclaté d'un grand rire franc, comme il le faisait parfois étant plus jeune. Avant de partir du manoir cette fois-là, il s'était approché de moi, m'avait flatté les cheveux comme il le faisait souvent et avait dit.

— Au revoir, ma grande sœur.

« Au revoir, ma grande sœur ». Au revoir ? Je ne l'avais plus jamais revu. Il a préféré s'envoler plutôt que de me revoir. Il a préféré faire de la peine à papa et surtout à maman. Pourquoi, mon Pete, pourquoi as-tu voulu partir vers le ciel ? Tu sais que ce n'est pas possible. Tu n'es pas un oiseau. Et les oiseaux qui partent vers le ciel, on ne les revoit jamais. Jamais !

Le monsieur avec les cheveux comme une brosse a finalement arrêté de parler. Il est parti se rasseoir. C'était au tour du monsieur bedonnant près d'oncle Kenny de se lever. Lui aussi, il a commencé à parler et à parler. Il avait une grosse voix et parlait fort en faisant de grands gestes. Quand il levait les bras, les grandes manches de sa robe volaient comme les ailes d'un oiseau.

140

En arrière, la même personne s'est mise à chuchoter à sa voisine.

— L'avocat dit au juge que c'est une méprise... que son client n'a jamais fraudé personne... et encore moins sa propre compagnie... que ce sont des calomnies sans fondements... qu'il n'a pas de preuves... que c'est un bon citoyen qui paye ses impôts.

— C'est des menteries, tout ça. Et pourquoi il n'y a pas personne qui vient témoigner ? J'ai vu ça dans un film au cinéma.

— C'est parce que ce n'est pas un procès.

— Comment, pas un procès ? Il y a un juge, des avocats. Et ce n'est pas un procès ?

– C'est une « enquête préliminaire », pas un procès.

— Ça veut dire quoi ?

— Ça veut dire que les deux avocats présentent leurs arguments au juge et lui, il décide s'il va y avoir un procès ou non, avec jury, témoins et tout le tralala.

— Pourquoi on a besoin de ça ? Il est coupable, c'est sûr.

Le monsieur bedonnant a cessé de parler et est venu se rasseoir. Celui à la cape de minou a cogné très fort avec son marteau. Il a dit quelque chose, il s'est levé et nous nous sommes tous levés à notre tour. Puis, il est disparu derrière la porte de côté, là où il était entré. Tout le monde est resté sur place. Nous attendions quelque chose, c'est certain, mais quoi ?

En arrière, on chuchotait encore.

— Qu'est-ce qu'il fait, le juge ? C'est fini ?

— Non, non ! Il s'en va « délibérer ». Ça veut dire qu'il va réfléchir à la décision qu'il va prendre.

— Ah, il va « rendre un verdict », comme dans le film.

— Mais non ! Il n'y a pas de verdict dans une enquête préliminaire. Il va simplement décider s'il y aura un procès ou non.

Après un long moment, je ne savais plus quoi faire de mes mains et de mes doigts. J'ai regardé maman en lui demandant par signes si nous pouvions partir. Elle m'a dit « non » d'un ton sec. Cela voulait dire dans ce temps-là qu'il ne fallait pas la déranger. Alors j'ai continué à attendre et à attendre.

Ma maman, elle est très souvent en colère depuis que Pete est parti et que papa est malade. Je ne sais pas pourquoi. Je vois qu'elle n'est pas bien et je ne sais pas quoi faire pour qu'elle aille mieux. Je l'aime tellement, ma maman. Quand on aime quelqu'un, Rose dit qu'on devrait faire tout pour que cette personne soit heureuse. Et ce que Rose dit, c'est vrai, parce qu'elle lit la Bible et ce qui est écrit dans la Bible, c'est vrai.

Rose m'a souvent lu une phrase de la Bible : « C'est ici mon commandement : aimez-vous les uns les autres, comme je vous ai aimés. Il n'y a pas de plus grand amour que de donner sa vie pour ses amis. » Elle disait que s'il fallait retenir seulement une seule phrase de la Bible, ce serait celle-là. Mais moi, je me souviens de tout ce qu'elle m'a lu. De tout.

« Donner sa vie pour ses amis ». Maman, c'est plus qu'une amie, c'est ma maman adorée. Je ne sais pas trop ce que cela veut dire « donner sa vie pour ses amis ». Si je le savais, je n'hésiterais

142

pas une seconde à le faire pour ma maman. Mais je ne sais pas ce que cela veut dire. Je ne sais pas comment faire pour « donner ma vie ». En tout cas !

Cela faisait beaucoup de temps que nous attendions. Je commençais à avoir faim, mais je n'ai rien dit à maman, parce que je savais qu'elle ne voulait pas être dérangée. Après avoir attendu longtemps, longtemps, le monsieur à la cape de minou est revenu, lentement. Il a grimpé lentement le petit escalier et s'est lentement assis dans sa chaise. Puis, il a commencé à parler, cela n'en finissait plus. Vers la fin, il a dit quelque chose qui a fait crier la plupart des gens qui étaient présents. En arrière, la dame a demandé à son voisin.

— Qu'est-ce qu'il a dit ? Qu'est-ce qu'il a dit ?

— Le juge a dit... qu'il avait entendu les deux avocats, qu'il avait examiné la cause, qu'il l'avait prise en délibéré et qu'il n'avait pas.... trouvé assez de... preuves pour envoyer l'accusé au procès... et qu'il le libérait.

— Qu'est-ce que ça veut dire ?

— Ça veut dire que ce maudit bandit d'Anglais n'aura pas de procès... Il est libre comme l'air.

— Mais ce n'est pas possible !

— Ben oui, c'est possible. Quand on a de l'argent, on peut tout acheter... même un juge.

J'ai vu oncle Kenny se lever d'un bond et tomber dans les bras du monsieur bedonnant avec un grand sourire. Une qui ne riait pas, mais pas du tout, c'était maman. Elle était toute rouge et ses yeux étaient devenus de la braise. Une colère noire. Elle m'a saisi la

143

main, m'a tirée en dehors de la salle. Nous avons alors presque couru dehors, pour attraper le tramway.

Elle n'a pas dit un mot du trajet. Même si j'ai essayé plusieurs fois d'attirer son attention. Quand nous avons descendu du tramway, je me suis aperçue que nous étions encore un peu loin de chez nous. Je ne reconnaissais pas notre rue. Maman a continué à marcher vite sur le trottoir, puis elle s'est arrêtée devant une vitrine de magasin. Il y avait toutes sortes de choses dans la vitrine : des clous, des marteaux, des vis, des tournevis et d'autres machins comme cela. Nous sommes entrées. Un vieux monsieur attendait derrière le comptoir. Il n'y avait que nous. Maman lui a demandé.

— Une bouteille d'alcool de bois, s'il vous plait.

Le vieux monsieur est revenu avec une bouteille dans laquelle on voyait un liquide transparent. Il l'a mis dans un sac brun en disant.

— Vous voulez enlever la vieille peinture de vos meubles ?

— Oui... oui... Je veux les repeindre. Ils ne sont pas très beaux.

— Faites attention avec ça, ma p'tite dame. C'est nocif, vous savez.

— Oui, je connais. Merci.

Maman a payé le vieux monsieur. Elle a pris la bouteille et nous sommes reparties vers chez nous à pied.

Je ne sais pas trop ce que maman voulait faire avec l'alcool de bois. Nous n'avons que quelques meubles et ils ont été repeints lorsque nous sommes arrivées à la petite bicoque. En tous cas !

144

CHAPITRE 7 : Le matin où c'est arrivé

Il y a quelques jours, maman avait fait un appel avec le gros téléphone noir que nous venions de recevoir. Nous en avions plusieurs dans le manoir, mais dans la bicoque, c'était le seul. Et cela avait pris du temps avant qu'un employé vienne l'installer. Maman a tourné la grosse roulette sur le téléphone en lisant quelque chose sur un bout de papier : trrrrrr- tchik – tchik — tchik ; trrrr — tchik — tchik ; trrrrrrrrrrr — tchik — tchik — tchik — tchik. Après un moment, quelqu'un a répondu dans le combiné. Maman a dit.

— Allô... Nelly... c'est Ida...

— ...

— Non, non ! Tout va bien ici... Oui, Peggy aussi.

— ...

— ... tu te rappelles ? Tu m'avais donné ton numéro de téléphone au Palais de justice... oui... c'est ça...

— ...

— Tu m'avais dit à ce moment-là... que si j'avais besoin de quelque chose...

— ...

— Non... ce n'est pas ça... je sais que tu ne peux pas me prêter d'argent...

— ...

— Je me demandais si tu ne pouvais pas m'aider... à entrer en contact... avec Kenny.

— ...

— Oui, je le sais... il nous a fait bien du mal... Je sais... Mais j'ai bien réfléchi... Je ne pense pas... que ça vaut la peine de vivre en étant toujours en colère après lui.

— ...

— Tu comprends... je pense que cela me fait plus de mal que de bien. J'aimerais... essayer... de me réconcilier avec lui.

— ...

— Bien sûr... c'est la meilleure chose à faire, comme tu le dis... je le sais bien... Alors j'aimerais le rencontrer, mais je suis certaine que si je l'appelle directement, il ne voudra pas me parler.

— ...

— Oui, c'est bien ce que je te demande... Nous irions le voir, Peggy et moi, pour tenter de renouer avec lui...

— ...

— Oui, je sais que ça te fait plaisir.... J'apporterai un petit cadeau qu'il appréciera, j'en suis certaine. Tu sais comment il aime
148

la bagosse[2] que mon père faisait. Il m'en reste encore une bouteille. J'aimerais la lui offrir en guise de réconciliation.

— …

— Je te remercie… c'est vrai que c'est loin en tramway pour nous rendre là-bas… Puis, je suis contente que tu viennes avec nous.

Ce matin, avant que tante Nelly et son petit mari viennent nous chercher en automobile, maman avait sorti une bouteille claire avec un long col. Il n'y avait rien d'écrit dessus. Elle a enlevé le bouchon. C'était un bouchon avec des broches, comme les bouteilles de bière d'épinette Bertrand. Ensuite, elle a vidé une partie du liquide dans l'évier.

Puis, elle est allée chercher dans la remise la bouteille achetée depuis plusieurs semaines dans le magasin du vieux monsieur. Elle a rempli la bouteille au long col avec ce liquide. Puis, elle a remis le bouchon. Ensuite, elle a empaqueté la bouteille dans un beau papier et elle y a ajouté une boucle qu'elle a faite elle-même. Enfin, elle est repartie remettre dans le placard l'autre bouteille. Je l'ai alors suivie pour savoir où elle la mettait. Elle l'a cachée derrière des boîtes et d'autres bouteilles pour que personne ne puisse la retrouver. Je me suis demandé pourquoi elle avait fait cela. Peut-être que la bagosse de grand-père était meilleure comme cela. En tout cas !

Assises sur la banquette arrière de la vieille voiture du mari de tante Nelly, maman et moi nous nous faisions brasser de tous les côtés. On ressentait tous les cahots des rues pleines de trous. Dehors, il faisait beau. Les petites feuilles vertes commençaient à pousser sur les arbres. Elles étaient belles ; on en aurait mangé en

---

[2] Alcool artisanal produit illégalement, surtout dans les campagnes.

salade. Le soleil était là, tout brillant. Les gens avaient enlevé leur gros manteau d'hiver. On aurait dit qu'ils étaient plus gais que pendant l'hiver. Les ouvriers nettoyaient les trottoirs avec des balais. Ils mettaient le sable dans des poches avant de les charger sur des carrioles venues les chercher. Qu'est-ce qu'on pouvait bien faire avec ce sable ? Je ne l'ai jamais su.

Je ne savais pas où nous allions non plus. L'automobile du mari de tante Nelly ressemblait beaucoup à celle de l'oncle Arthur, une grosse boîte noire sur de petites roues. Mais les sièges étaient plus usés et ils étaient troués par endroit. Nous nous faisions brasser pas mal. Après un moment, j'ai commencé à reconnaître des bâtiments et des rues. Je les avais vus souvent autrefois, quand nous habitions au manoir. L'automobile s'est approchée de la grille qui ferme le petit chemin menant au manoir. J'étais contente. Nous revenions chez nous. J'ai regardé maman en lui demandant par signe si c'était bien cela.

— Oui, Peggy, c'est le manoir. Mais nous ne revenons pas y habiter. C'est maintenant oncle Kenny qui reste là.

Quand nous avons franchi la grille restée ouverte, j'ai tout de suite reconnu le grand espace autour de nous. On voyait cependant que les choses avaient changé. Il n'y avait plus de fleurs ni de beaux arbustes dans les parterres. Aussi, il manquait de la peinture aux fenêtres. Tante Nelly a sonné la cloche. Après un temps, une femme de chambre est venue ouvrir. Elle était jeune et jolie. Je ne l'ai pas reconnue. Ce n'est pas l'une de celles qui travaillaient au manoir lorsque nous y habitions. Si j'avais eu l'espoir de revoir Rose en venant ici, je n'y croyais plus maintenant. Plus aucun des domestiques du manoir ne sont là, j'en suis certaine.

En entrant dans le grand hall d'entrée, on voyait bien que les choses étaient restées les mêmes, sauf pour les peintures aux murs. Il n'y en avait plus. Il restait les contours clairs laissés par la place
150

qu'elles occupaient. Le grand escalier était toujours le même, les boiseries aussi. La couleur également. Pas grand-chose n'avait changé à part de cela, sauf que tout avait l'air moins propre. La femme de chambre nous a accompagnés au grand salon après avoir pris nos manteaux. Puis, elle a disparu par la petite porte des domestiques. Nous nous sommes assis sur les fauteuils. Ce n'était pas les mêmes. Nous avons attendu.

Après un bon moment, oncle Kenny est apparu dans la porte. Cette fois, il était bien peigné. Il portait une espèce de robe de chambre en soie, mais avec une cravate, une chemise blanche et un pantalon tout noir. Il s'est avancé vers nous et nous nous sommes tous levés en même temps. Il est allé embrasser tante Nelly, puis a serré la main de son mari. Enfin, il s'est tourné vers maman et a attendu. Maman lui a tendu la main, et il l'a serrée à son tour sans lui sourire. Puis, il s'est tourné vers moi. Maman lui a parlé en anglais, il s'est approché et m'a touché la joue. Maman avait dû lui dire que je n'aimais pas être embrassé. De toute façon, je n'ai pas aimé la façon dont il me regardait. Je ne sais pas pourquoi, mais je n'ai pas aimé.

Maman lui a remis la bouteille enveloppée d'un beau papier en lui disant quelque chose. Oncle Kenny l'a attrapée sans rien dire, a enlevé le papier sans ménagement et a découvert la bouteille au long col et au liquide clair. À ce moment-là, il a eu un petit sourire et a dit en français avec un accent.

— La bagosse de ton père. Il en faisait de la bonne.

Il a déposé la bouteille sur la petite table près de son fauteuil, il s'est assis et les autres se sont assis à leur tour. Ils ont commencé à parler. Tante Nelly d'abord, puis maman. Le mari de tante Nelly ne disait rien, comme d'habitude. Moi, bien j'ai voulu aller revoir le manoir. J'ai demandé à maman par signe si je pouvais partir. Elle a dit un mot à oncle Kenny qui a fait un signe de tête pour dire oui.

Alors je me suis levée et je suis sortie en les laissant discuter entre eux.

J'ai monté le grand escalier en laissant glisser ma main sur la belle rampe en bois verni et je me suis dirigée toute suite vers ma chambre. Elle ne ressemblait plus du tout à celle que j'avais quittée il y a longtemps. Elle est restée de la même couleur, mais il n'y avait plus aucune décoration, aucun jouet, aucun vêtement. Elle était vide. Elle ne servait plus à rien.

J'ai été tentée de monter à l'étage des domestiques. J'aurais bien aimé voir Rose encore une fois, mais comme j'étais certaine qu'elle n'était plus là, j'y ai renoncé. Ma Rose, j'aimerais bien te revoir. Où es-tu maintenant ? Je m'ennuie de toi, des longs moments que nous passions ensemble à nous amuser ou à lire la Bible. Je la connais, ma Rose. Je suis sûre que si elle m'entendait, elle me dirait quelque chose comme : « Ne t'inquiète pas ma Peggy, je suis toujours dans ton cœur, parce que je t'aime ».

Avant de partir, il y a longtemps maintenant, elle m'avait dit.

— Tu es grande maintenant, ma Peggy, tu n'as plus besoin de moi. Tu es capable de tout faire seule. Moi, je sais que tu es assez grande pour décider de suivre la voie juste. Tu ne le sais peut-être pas encore, mais moi je le sais. Alors, suis toujours la voie juste.

Je ne suis pas certaine encore aujourd'hui de comprendre ce que Rose a voulu dire.

Je ne voulais pas monter à l'étage des domestiques. Donc, je suis redescendue au rez-de-chaussée et j'ai longé le couloir pour aller voir le jardin en arrière. Arrivée dans le portique d'entrée, j'ai jeté un coup d'œil par la grande fenêtre. Le jardin était là, toujours le même. Mon jardin. Les feuilles commençaient à pousser dans les arbres, de la verdure sortait de la terre. Si j'avais pu ouvrir la porte, j'aurais senti l'odeur de la terre qui se réveille après un long hiver. J'étais certaine que les mulots et les écureuils avaient commencé leur travail. Les oiseaux devaient être revenus. Pas les petits bleus à deux couleurs, mais la plupart des autres.

Comme je ne pouvais pas sortir, je suis revenue vers le jardin d'hiver. J'y suis entrée par une porte de côté. Je la connaissais bien, cette porte, parce que c'est souvent par là que j'entrais pour aller voir maman prendre soin de ses fleurs. J'ai été très déçue de voir ce que le jardin était devenu. Des pots de terre traînaient un peu partout, sans fleurs dedans. Le plancher et les vitres étaient sales. Personne ne venait plus ici depuis longtemps. Je me suis approchée pour voir le grand pot où l'orchidée de maman était plantée. À l'époque, ce pot était le plus beau, coloré, plein de dessins dessus. Maman le frottait souvent pour qu'il reste propre. Mais cette fois, il était aussi sale que le reste. Évidemment, l'orchidée n'était plus là. Il n'y avait plus rien. Plus rien. Il ne faudrait pas que maman voie cela. Elle en serait très triste.

Je suis sortie par la porte du salon. Ils étaient encore tous assis en train de bavarder. Je suis allée m'asseoir près de maman. Ils ont fait comme si je n'étais pas là. Tant mieux. Je préfère cela. J'ai regardé sur la petite table près d'oncle Kenny. La bouteille était ouverte et il y manquait pas mal de liquide. Oncle Kenny tenait un petit verre à la main et il buvait régulièrement dedans sans en offrir aux autres. Il était plus bavard et parlait tout le temps.

Peu de temps après que je sois venue m'asseoir, maman s'est levée en même temps que tante Nelly et son mari. Oncle Kenny s'est levé à son tour, mais lentement comme s'il était étourdi. Il s'est approché de tante Nelly, il l'a embrassée, a serré la main de son mari. Puis, il s'est approché de maman. Au lieu de lui tendre la main, il l'a embrassée sur la joue. Maman s'est laissé faire. Ensuite, il m'a regardée sans rien faire, puis il est retourné de là où il était venu en titubant légèrement.

La femme de chambre est revenue avec les manteaux dans les bras. Nous nous sommes rhabillés et nous sommes repartis dans la vieille automobile. Quand j'ai regardé maman, elle avait un regard que je ne lui connaissais pas. Je ne sais pas comment dire. C'est comme si elle souriait en dedans. J'étais contente, parce que cela faisait longtemps que je ne l'avais pas vue sourire. Puis, je me suis retournée pour regarder par la vitre arrière. J'ai pensé à ce moment-là que c'était sans doute la dernière fois que je reverrais le manoir. Et cela ne m'a pas rendue triste.

***

Quand nous venions voir papa à l'Asile de la Providence pendant l'hiver, nous ne pouvions pas faire ce que nous faisions maintenant : s'asseoir tous ensemble dans la grande balançoire et se bouger d'avant en arrière. J'aimais beaucoup cela. C'est moi qui poussais avec mes pieds pour que le mouvement se continue. Parfois, je poussais plus fort et maman me posait la main sur le bras pour me signifier de ralentir. L'air était bon, le soleil chaud. C'était l'été.

J'étais très heureuse de voir mon petit papa avec maman. Il ne manquait que Pete. J'ai levé la tête vers le ciel en riant. Je savais qu'il me regardait de là-haut. J'ai fait un salut de la main, ce qui a fait sourire maman et même papa... à sa façon.

Sœur Mathilde avait poussé le fauteuil roulant de papa dehors jusqu'à la balançoire. Puis, Maman l'avait aidée à relever papa et à l'asseoir sur le banc. Sœur Mathilde s'est assise à côté de nous en disant : « J'ai encore un peu de temps, je reste avec vous ». Maman et elles se sont mises à bavarder de choses et d'autres. Tout le monde semblait bien, jusqu'à ce que maman sorte de sa sacoche un journal et qu'elle s'est mise en frais de lire un article à papa.

On se souviendra que Kennett McIntyre avait fait la manchette au printemps dernier pour ses démêlés avec la justice. On l'avait alors accusé de frauder sa compagnie et ses employés pour plusieurs milliers de dollars, voire quelques millions. Il avait été libéré faute de preuves. Mais depuis ce temps, la compagnie qu'il dirigeait avait perdu plusieurs de ses clients et avait périclité. Or, le malheur a continué à s'abattre sur lui lorsque, peu de temps après, une mystérieuse maladie l'avait frappée.

Depuis ce temps, il est devenu aveugle et a gardé certaines séquelles. Il lui est dorénavant interdit de boire de l'alcool. De plus, il a des périodes de tremblements et de troubles anxieux. De plus, une source bien informée nous rapporte que si M. McIntyre n'avait pas d'enfant, il est certain maintenant qu'il ne pourra plus en avoir.

Voyant cela, le Conseil d'administration de sa compagnie a préféré l'écarter discrètement des organes du pouvoir en le nommant président honoraire. On lui a laissé un beau bureau avec vue sur la montagne. Il est devenu salarié dans sa propre compagnie.

Maman a laissé tomber le journal sur ses genoux et a dit.

— C'est un juste retour des choses. La justice divine est parfois à l'œuvre sur cette terre.

— La justice divine ? a demandé Sœur Mathilde.

Maman n'a rien dit. Papa a demandé de sa manière hésitante.

— Qu'est-ce qui… qui est… arrivé… à Kenny ?

— Qu'est-ce que ça peut faire ? Il a payé pour le mal qu'il a fait. C'est tout.

Papa a montré le journal, comme pour demander que maman continue à lire. Alors, comme à regret, elle a recommencé à lire.

Il avait été difficile au début de diagnostiquer la maladie dont était atteint M. McIntyre. Il était arrivé à l'hôpital dans le coma. Les médecins avaient d'abord pensé à un coma éthylique. En effet, il était de notoriété publique que M. McIntyre était un grand buveur. Or, on s'est rendu compte que c'était plus grave. La femme de chambre qui l'accompagnait lors de sa venue à l'hôpital a raconté à notre journaliste que quelques jours auparavant, il avait commencé à se sentir mal, à avoir des nausées. Comme ce n'était pas dans ses habitudes d'être malade ainsi, même quand il buvait, elle s'est inquiétée. Au début, il ne voulait pas aller à l'hôpital, mais un matin, lorsqu'elle a vu qu'il ne se réveillait pas, elle a appelé une ambulance.

Les médecins ont finalement trouvé la cause de sa maladie après lui avoir fait faire des prises de sang. Il avait absorbé une dose de méthanol, un produit qui sert à diluer la peinture. Ils pensent qu'il a dû en ingérer sans s'en rendre compte. En effet, ce produit ressemble à de l'alcool tant par son odeur que par son goût. Dans certains milieux pauvres, il arrive souvent des accidents comme celui-là parce qu'on achète de l'alcool frelaté sous le manteau. Toutefois, il est très rare de voir arriver de tels accidents chez les gens aisés. Ceux-ci peuvent se permettre d'acheter de l'alcool de bonne qualité.

Maman a refermé le journal en disant : « Voilà ! C'est tout ce qu'il y a à dire. »

J'ai recommencé à pousser plus fort la balançoire. Je ne sais pas pourquoi, mais je commençais à être énervée. Je ne sais pas pourquoi. Je poussais plus fort la balançoire. Maman m'a pris le bras, mais j'ai continué. Alors elle m'a dit en haussant le ton : « Arrête Peggy ! Arrête ! » J'ai arrêté et je l'ai regardée. Et j'ai continué à la regarder. Et je ne souriais pas. Je l'aime, maman, je l'aime. Mais elle est parfois très en colère. Une colère noire. Comme maintenant.

— Voyons, Ida, ça ne fait rien, a dit Sœur Mathilde. Laisse-la faire, la grande.

Puis Sœur Mathilde a continué.

— Qu'est-ce que tu as ?

— Rien, je vous assure. Rien.

— Voyons Ida, je te connais. Je vois bien que quelque chose te tracasse. Et je crois que Peggy s'en rend compte aussi.

— Je ne vois pas.

Il y a eu un long silence et maman a repris.

— C'est peut-être ce qui lui arrive… à Kenny… je croyais que je me sentirais mieux après avoir… appris sa maladie…

— Ce n'est pas le cas ?

— Pas vraiment… Non… pas vraiment… ce que j'ai perdu… ce que nous avons perdu… la déchéance de Kenny ne me le fera pas retrouver.

— Qu'as-tu perdu de si important ?

— Voyons tante Herniette, vous le savez bien. Peter mort, mon Bruce qui ne peut plus rien faire. Notre manoir… nous avons tout perdu à cause de lui… pourtant…

— Pourtant, tu n'es pas plus satisfaite maintenant ?

— Non… je suis toujours aussi en colère… Il aurait dû mourir, le…

— Ne dis pas cela, Ida. Ne dis pas cela. Tout être humain mérite le pardon…

— Vous êtes sérieuse, là ? Après tout le mal qu'il a fait.

— C'est vrai. Il a fait beaucoup de mal. Il a fait beaucoup de péchés.

— Oui, et il arrive que Dieu punisse les pécheurs. C'est pourquoi il est ce qu'il est aujourd'hui.

— Dieu condamne les péchés, c'est certain… mais il ne condamne jamais le pécheur. Jamais. N'oublie pas que Jésus est venu sur terre pour sauver les pécheurs comme lui, comme moi… comme toi…

À ce moment-là, Sœur Mathilde a regardé maman avec beaucoup de lumière dans les yeux, comme elle l'avait fait pour moi plusieurs fois.

— Dieu nous a aimés tellement qu'il a envoyé son Fils pour nous sauver, pour que nous nous reprenions en main… pour que nous nous écartions du diable et que nous suivions de nouveau la voie juste…

Tiens ! Sœur Mathilde a dit à peu près la même chose que Rose m'a déjà dite. C'est étrange ça ! Pourquoi dit-elle cela à maman ? C'est comme si elle savait que maman avait fait des péchés et qu'elle avait besoin d'être sauvée. Je ne sais pas quelle sorte de péché elle a pu faire. Maman, elle est si bonne, elle est si gentille avec moi, avec papa, avec tout le monde.

Pas avec oncle Kenny toutefois. Ça, c'est vrai !

Maman s'est levée et a pris le bras de papa pour l'aider à se relever.

— Nous devons partir maintenant, Bruce,

— Déjà…

— Il ne faut pas trop te fatiguer.

— Va … revenir ?

— C'est certain, mon Bruce, c'est certain… bientôt… bientôt…

Sœur Mathilde a aidé maman à relever papa et à l'asseoir dans le fauteuil. Maman a commencé à pousser tranquillement le fauteuil vers l'entrée en lui parlant à l'oreille. Sœur Mathilde, elle, s'est trouvée seule vers moi et m'a dit avec son regard lumineux.

— Tu es grande maintenant Peggy.

Je lui ai souri de mon plus beau sourire. J'étais contente qu'elle me dise cela. C'est vrai que je suis grande maintenant, que je ne suis plus un bébé. On dirait qu'elle est la seule à s'en apercevoir.

— Tu vas prendre soin de ta maman.

Je suis bien prête à le faire, mais je ne sais pas trop comment. C'est toujours ma maman qui a pris soin de moi. C'est certain que si l'occasion se présentait, j'aiderais ma maman le plus possible. Je l'aime tellement, maman. Je ne veux pas qu'il lui arrive du mal. Si je pouvais la protéger du mal, je le ferais. C'est certain. C'est certain.

J'ai fait un grand signe de tête à tante Mathilde. Elle m'a embrassée bien fort et nous sommes parties rejoindre maman et papa.

***

Ce matin-là, le matin où c'est arrivé, je jouais dehors dans la ruelle. J'étais avec mon ami Henri descendu tôt de chez lui. C'était un jour de semaine ; il n'y avait donc pas d'autres enfants. Ils étaient tous à l'école. Il n'y avait qu'Henri et moi.

Puis, j'ai entendu une sirène de police. C'était rare. J'ai donc décidé de rentrer à la maison pour aller voir ce qui se passait en avant par la fenêtre. Il y avait bien une automobile de police, avec sa cerise rouge sur le toit ; elle arrivait dans notre rue. Arrivée à la hauteur de notre fenêtre, j'ai été très surprise de voir que l'automobile de police s'arrêtait à notre porte. Je ne savais pas ce qu'elle faisant là. Deux policiers sont sortis et se sont approchés. Ils venaient chez nous ? Pourquoi ? Ils ont cogné à la porte. Maman est allée ouvrir.

— Qu'est-ce qui se passe ? C'est à quel sujet ?

Le plus vieux des policiers lui a dit en regardant autour.

— Madame Ida McIntyre ?

— C'est bien moi.

— Laissez-nous entrer, s'il vous plaît. Nous serons plus tranquilles.

De fait, les voisins commençaient à sortir de leur maison pour voir ce qui se passait. Pour le moment, ils étaient restés sur le pas de leur porte. Mais ils ne tarderaient pas à venir vers notre maison. Maman a laissé entrer les deux policiers en regardant dehors et elle a refermé la porte.

En entrant, les policiers m'ont regardée. Ils semblaient un peu surpris de me voir là. Maman leur a offert de s'asseoir à la table de cuisine. Ils ont dit non. Ils préféraient rester debout. Je ne sais pas pourquoi, mais je commençais à être inquiète. Je ne savais pas ce qu'ils venaient faire ici. Ils avaient l'air très sérieux, pas souriant du tout. J'ai pensé que les choses pouvaient être graves. J'ai commencé à être inquiète et dans ce temps-là, je marche de long en large. Le plus vieux des policiers a commencé à parler.

— Madame McIntyre, il y a eu une plainte portée contre vous.

— Une plainte ? Par qui ?

— Par Monsieur Kenneth McIntyre. Votre beau-frère.

— De quoi se plaint-il, mon charmant beau-frère ? De lui avoir volé de l'argent ? Il est capable de tout.

— Non Madame, il ne s'agit pas d'une plainte au civil, mais au criminel.

— Au criminel ?

— Monsieur McIntyre vous accuse d'avoir attenté à sa vie. Il a porté plainte officiellement à la police. C'est la raison pour laquelle nous sommes ici. Nous devons vous emmener au poste de police pour vous interroger.

— Mais vous n'êtes pas sérieux-là.

— Malheureusement oui.

— Quand aurais-je pu attenter à sa vie, je ne l'ai pas revu depuis… un bon bout de temps.

— Il affirme dans sa plainte que la dernière fois que vous êtes venue chez lui, vous lui aviez apporté une bouteille de boisson empoisonnée.

À ce moment-là, j'ai compris ce qui se passait. Comme dans un éclair, j'ai tout compris. Maman avait fait une chose de très mal, très mal, lorsqu'elle était allée voir oncle Kenny la dernière fois. Elle avait vidé l'alcool de bois qu'elle avait acheté au magasin dans la bouteille de bagosse de grand-père. Je l'avais vu faire. Elle ne s'était pas trompée. C'est ce qu'elle voulait faire. C'était très mal. Elle avait fait un gros péché.

Rose disait que cela arrivait de faire des petits péchés et qu'il était possible d'être pardonné lorsque nous reprenions la voie juste. Elle disait aussi qu'il arrivait que les gens fassent de gros gros

162

péchés. Alors, cela prenait plus de temps pour être pardonné. Parfois il fallait même aller en prison. Et la prison, ce n'était pas bien du tout. Les gens y sont enfermés dans une petite chambre pas de fenêtre avec personne à qui parler pendant le jour. C'était très difficile de vivre dans une prison. Je ne voulais pas que maman aille dans une prison.

Alors j'ai commencé à m'énerver sérieusement. Je me suis tapé sur la tête et je tournais en rond dans le salon. Les policiers ne savaient pas quoi faire. Maman s'est précipitée vers moi et elle m'a prise dans ses bras, elle s'est assise sur la chaise berçante, m'a prise sur elle et a commencé à me bercer en chantant ;

> *Aux marches du palais*
> *Aux marches du palais*
> *Y a une si tant belle fille, lon-la*
> *Y a une si tant belle fille*

— Qu'est-ce qui se passe ? Qu'est-ce qu'elle a ?

— Ma fille est handicapée. Elle est très énervée. Elle doit sentir qu'il se passe quelque chose.

Les policiers ont semblé hésiter. Ils ne savaient plus quoi faire. Le plus vieux a dit.

— Madame, vous devez quand même venir avec nous. Pouvez-vous laisser votre fille à quelqu'un ? À un parent ?

— Non, quand elle est comme ça, je suis la seule à pouvoir la calmer.

— Il faut quand même que vous veniez avec nous…

Alors le plus jeuine policier s'est approché de la chaise. Il a essayé de m'enlever à ma maman. J'étais tellement énervée. Je ne tenais plus en place. Il m'a tirée par le bras. En me levant, j'ai crié.

— Non... Non...

Là, maman a été très très surprise de m'entendre dire un mot que tout le monde comprenait. Elle n'en revenait pas.

— Tu parles, ma Peggy ?... Tu parles ?...

Puis, en regardant les policiers, elle a ajouté

— Elle n'a jamais prononcé un mot compréhensible depuis l'âge de six ans.

J'ai continué à parler, comme si une force à l'intérieur me poussait à le faire. Une force inconnue. Mais cette force était bonne. Je le savais. Il fallait parler clair et net. Il le fallait. Sœur Mathilde m'avait bien dit qu'un jour je parlerais.

Les policiers paraissaient surpris et embarrassés. J'en ai profité pour continuer.

— Vous ne pouvez pas... prendre ma maman... vous ne pouvez pas...

Personne ne disait rien, comme tout le monde attendait que je continue à parler.

— C'est moi...

— C'est toi quoi ? a dit maman.

— C'est moi qui ai mis le poison dans la bouteille.
164

Et là, maman a hurlé.

— Non… Peggy ne dit pas ça… ne dis pas ça…

Les policiers s'étaient repris. Ils ont dit à maman de se taire. Le plus vieux policier m'a demandé.

— Tu as mis du poison dans la bouteille ?

— Oui… je peux vous montrer où je l'ai pris.

Alors je suis partie vers le placard. Ils m'ont suivi. Maman continuait derrière à crier « Non… ne dis pas ça, Peggy… ». Je leur ai montré la bouteille d'alcool de bois que maman avait acheté au magasin du vieux monsieur. Elle était cachée tout au fond, derrière des cartons et d'autres bouteilles. J'avais vu maman la cacher. Le plus jeune des policiers a pris la bouteille. Il l'a montrée au plus vieux qui lui a dit de l'apporter. Ensuite, il m'a demandée.

— Comment as-tu fait cela ?

— J'ai pris la bouteille de bagosse que maman avait mise sur la table. Je savais qu'elle voulait la donner en cadeau à oncle Kenny. J'ai vidé la moitié du liquide et je l'ai remplacé par celui-là.

Maman ne disait plus rien. Son visage était changé, tout gris, tout terne. Je ne l'avais jamais vu comme cela. Après un moment, elle a dit au policier.

— Ne la croyez pas… vous voyez bien qu'elle est handicapée… elle ne peut pas…

— Madame, nous ne sommes pas ici pour croire ou ne pas croire. Votre fille décrit des faits avec exactitude. Nous devons la prendre au sérieux.

— Mais ce n'est pas elle... elle ne peut pas avoir fait cela... c'est moi... oui... c'est moi.

Les policiers se sont tournés vers maman. Le plus vieux a dit.

— C'est normal qu'une mère protège sa fille.... Ce sera au juge d'en décider. Nous vous emmenons toutes les deux au poste de police.

Alors maman n'a plus rien dit. Elle est allée chercher une veste et l'a mise sur son dos. Je suis allée en chercher une à mon tour et j'ai fait la même chose. Elle a regardé autour pour voir si tout était en ordre, puis elle a barré la porte. Nous nous sommes installées sur le banc arrière de l'automobile de police. Des voisins s'étaient attroupés autour de la voiture. Ils avaient l'air de tous se demander ce que nous faisions là. Ils essayaient de poser des questions aux policiers, mais ces derniers ne faisaient que dire : « Circulez ; il n'y a rien à voir ».

Épilogue

Ici, les sœurs prennent soin de moi, surtout Sœur Berthe. Quand je suis arrivée, c'est elle qui m'a accueillie. Sœur Mathilde et elle se connaissaient bien. Elles sont toutes les deux de la même communauté : les sœurs de la Providence. Sauf que Sœur Berthe était habillée tout en blanc. C'était normal puisque c'est un hôpital ici : l'Hôpital Saint-Jean-de-Dieu. J'aime bien le nom de cet hôpital, parce qu'il y a le mot Dieu dedans.

Je suis à l'hôpital maintenant parce qu'un autre vieux monsieur avec une cape en minou m'a dit que c'est ici que je devais aller. C'était il y a un bout de temps déjà. Lorsque nous sommes partis de la vieille bicoque, je ne comprenais pas trop ce qui se passait, mais j'étais contente malgré tout. J'avais réussi à parler de façon claire et nette. J'avais dit ce qu'il fallait dire pour que maman n'aille pas en prison. J'étais contente parce que je savais maintenant quoi faire et comment faire pour prendre soin de maman. Je l'aime tellement, ma maman.

Nous nous sommes retrouvées toutes les deux dans une petite pièce au poste de police. Deux policiers — qui n'étaient pas habillés en policiers — sont venus nous poser des questions. Moi, j'ai commencé à répondre à leurs questions, mais maman ne voulait pas que je réponde. Elle a demandé de voir un avocat. Maman m'a dit qu'un avocat, c'est quelqu'un qui est là pour nous défendre. Il nous dit à quelles questions on doit répondre et auxquelles on ne doit pas. Moi, je ne voulais pas que l'avocat fasse cela. Alors, maman est sortie de la pièce. Elle ne voulait pas, mais elle a été obligée. J'ai continué à répondre aux questions.

— Madame Marguerite McIntyre, c'est votre nom ?

— Oui, mais tout le monde m'appelle Peggy, que j'ai dit aux policiers en souriant.

— D'accord Peggy. Vous comprenez le sens des questions que l'on vous pose.

— Bien sûr.

Et là, ils m'ont fait expliquer encore une fois comment j'avais mis le poison dans la bouteille de bagosse.

— Votre maman dit que c'est elle qui l'a fait.

— Mais non, ce n'est pas possible. Ma maman ne peut pas avoir fait cela, puisque c'est moi.

— Pourquoi alors as-tu mis du poison dans la bouteille ?

— J'ai fait quelque chose de pas bien, vous savez…

— Oui, nous le savons. Pourquoi ce n'était pas bien ?

— Maman, elle ne veut jamais que je goûte à ce qu'il y a dans la bouteille de grand-père. Alors, j'ai désobéi à maman. J'ai goûté un petit peu de la boisson de grand-père. Je n'ai pas trouvé ça bon du tout. C'était pas bon du tout. Alors j'ai pensé que si je remplaçais un peu du liquide par un autre, ce serait meilleur.

— Pourquoi as-tu choisi ce liquide ?

— Parce qu'il sentait bon, bien meilleur en tout cas que le liquide de grand-père.

Je n'ai pas l'habitude de conter des menteries et là, je savais très bien que c'était des menteries. Conter des menteries, ce n'est pas bien. Rose disait que conter des menteries, c'est un péché. Mais elle m'a dit aussi que cela dépendait des menteries. Il était parfois nécessaire de conter des menteries pour sauver les gens qu'on aime. Alors, c'est que j'ai fait.

À partir de ce moment-là, tout s'est déroulé très rapidement. Nous nous sommes présentées toutes les deux, maman et moi, dans le même Palais de justice où nous sommes allées autrefois pour voir oncle Kenny. Il y avait encore des messieurs en robes noires — ce sont des avocats ; c'est ce qu'on m'a dit — et un autre vieux monsieur avec une cape en minou — lui, c'est un juge.

Tout ce beau monde a parlé beaucoup. Je n'ai pas trop compris ce qu'ils ont dit, même s'ils parlaient français à ce moment-là. « … elle est handicapée mentale… », « … elle a le raisonnement d'un enfant de six ans… », « … elle n'est pas responsable de ses actes… ». Puis on a parlé de ma maman qui voulait « … prendre sur elle la responsabilisé des actes de sa fille… », « … qu'il ne fallait pas la croire… », « … une mère cherche toujours à défendre son enfant… ».

Puis, un monsieur très digne en complet cravate, pas de cheveux, mais avec une barbe blanche, est venu s'asseoir sur la chaise à côté du juge. Je n'ai rien compris de son explication, mais le juge semblait comprendre, lui. Il a dit qu'il était psychiatre, qu'il connaissait bien la maladie mentale, qu'il confirmait que je n'étais pas responsable de mes actes. Et il parlait. Et il parlait.

Après un bon moment, tout le monde s'est arrêté de parler. Le juge s'est levé et nous nous sommes tous levés après lui. Le juge a dit.

— Madame Marguerite McIntyre. Vous avez commis un acte répréhensible au regard de la loi, même si vous ne semblez pas vous rendre compte de la gravité de vos actes. Votre geste est considéré aux yeux de la loi comme une tentative de meurtre sur votre oncle qui en est resté marqué par des séquelles irréversibles. Toutefois, compte tenu de votre état de santé mentale, nous vous jugeons inapte à subir votre procès. Je rends donc un verdict de non-responsabilité criminelle. En conséquence, vous serez laissée aux soins des médecins dans une institution pour aliénés mentaux.

Moi, je ne savais pas ce que cela voulait dire. Maman était assise derrière moi. Elle a perdu connaissance lorsque le juge a parlé. J'ai crié : « Maman ! Maman ! ». J'ai voulu prendre soin d'elle, mais des policiers m'ont tout de suite emmenée et je me suis retrouvée ici, à l'hôpital Saint-Jean-de-Dieu.

***

À l'hôpital Saint-Jean-de-Dieu, c'est très grand et très blanc partout. Il y a de longs couloirs. Je dors dans une grande chambre à plusieurs lits. On entend souvent des cris ou des plaintes. Ici, les gens ne se comportent pas comme des adultes dehors. Ils ont toutes sortes de manies. Il y a une qui parle tout le temps très fort à des gens que personne d'autre qu'elle ne voit. On dirait qu'elle a une conversation avec ces gens : elle leur parle et ils répondent. Mais il n'y a personne. Je peux la comprendre. Cela m'est arrivé aussi de parler tout bas à des gens que j'aime : à maman, à papa, Pete, à Rose. Au Bon Dieu aussi parfois. Mais contrairement à elle, ils ne me répondent pas.

Je me suis fait des amies ici. Je vais voir souvent la vieille dame qui chantonne toujours quelque chose. Elle ne semble pas savoir où elle est. Je m'assieds à côté d'elle et je lui prends la main. Elle ne fait rien, mais elle arrête de chantonner, comme si elle était contente de me voir.

Je parle aussi avec Jeannette. C'est une jeune fille qui ne parle qu'avec un jargon spécial. Comme je le faisais dans le temps. Personne ne la comprend, évidemment ni les autres filles ni les sœurs. Alors elle va se mettre dans un coin debout, face au mur et peut rester là pendant des heures. Souvent, je m'approche d'elle et je me mets à jargonner comme elle. Alors, ses yeux s'illuminent. Elle se met à me parler, à me parler. Je ne comprends pas ce qu'elle dit, mais je jargonne à mon tour. Je crois bien que c'est la première fois qu'elle rencontre quelqu'un capable de parler avec elle. Je sens bien que cela lui fait du bien.

Parfois, aussi je m'occupe d'Yvette. Elle est très nerveuse, Yvette. La moindre petite chose la contrarie. Dans ces moments-là, elle peut se mettre à crier, à courir dans la salle et même parfois à se frapper la tête sur les murs. Avant que j'arrive, on lui mettait une espèce de vêtement qui lui retenait les bras et on allait l'attacher dans son lit. Maintenant, quand Yvette fait ses crises nerveuses, c'est moi qui m'approche d'elle. Je la prends dans mes bras comme maman faisait pour moi autrefois quand j'étais excitée. Je lui chante la chanson que maman me chantait et alors elle se calme comme par magie.

***

Aujourd'hui, je suis contente parce que Sœur Berthe m'a annoncé que maman venait me voir. Je m'ennuyais d'elle. Je suis incapable de dire depuis combien de temps je suis ici. Sûrement pas

171

longtemps, parce que maman n'aurait jamais accepté de ne pas me voir pendant longtemps. Je me suis habillée avec la belle robe bleue à collerette blanche que Loulou m'avait donnée un jour. C'était en fait la seule robe que j'avais. Ici, on s'habille avec un uniforme, tout le monde de la même façon.

Sœur Berthe est venue me chercher pour aller au parloir. C'est loin le parloir. Il faut débarrer plusieurs portes pour y aller. J'étais heureuse de voir maman. Je souriais beaucoup et ça semblait faire plaisir à Sœur Berthe aussi. Nous sommes entrées dans une grande salle où il y avait plusieurs tables et chaises. À la porte, un grand et gros monsieur habillé en blanc, les bras croisés, nous regardait sans sourire.

Quand maman m'a vue arriver, elle s'est levée et est venue m'embrasser très fort. J'étais contente de la voir. Je l'ai serrée fort moi aussi. Sœur Berthe est restée un peu parce que maman voulait lui demander de mes nouvelles.

— Comment va-t-elle ?

— Vous savez Madame McIntyre, Peggy est vraiment un ange. Un ange dans tous les sens du terme.

— Ah !...

— Depuis qu'elle est arrivée ici, elle a toujours le sourire.

— Ça, ce n'est pas nouveau. Hein, ma Peggy ?

J'ai souri à maman comme pour approuver. Sœur Berthe a continué.

172

— Oh, elle fait plus que cela. Elle s'occupe des autres, en console certaines, les rassure. Elle est notre meilleure auxiliaire. C'est vraiment un ange, notre Peggy.

Maman est retournée s'asseoir à la table et je me suis assise à côté d'elle. Sœur Berthe est repartie en disant qu'elle reviendrait me chercher. Maman m'a pris les deux mains.

— Peggy, oh Peggy. Qu'est-ce que tu as fait ? Qu'est-ce que tu as fait ? Tu n'avais pas à faire cela.

— Mais oui maman... il fallait que je le fasse... sinon, tu aurais eu très mal et tu serais allée en prison.

— Mais Peggy, c'était de ma faute à moi, pas à toi. Tu n'avais rien à voir dans tout ça.

— Je pense que oui. J'avais à voir... parce que je t'aime très fort. Et quand on aime quelqu'un très fort, on doit tout faire pour elle.

À ce moment-là, maman m'a regardée avec dans les yeux un mélange de surprise et d'embarras, comme si elle me voyait pour la première fois telle que j'étais. J'ai continué.

— Rose m'a lu plusieurs fois une phrase de la Bible que je n'ai jamais oubliée. Ça disait qu'il faut être capable de donner sa vie pour ceux qu'on aime. C'est ce que le doux Jésus a fait pour nous et c'est ce que nous devons faire pour ceux qu'on aime. C'est ce que j'ai fait.

Lorsque j'ai dit cela, maman a éclaté en sanglots. Je ne l'ai pas vu souvent pleurer, ma maman. Quand elle pleurait, elle se cachait. Mais cette fois elle pleurait sans se cacher. De grosses larmes coulaient sur ses joues. Je les lui ai essuyées avec ma main, tout doucement. Elle a dit.

— Je comprends que tu m'aimes très fort, mais ce que j'ai fait n'était pas correct. Tu comprends. Je devais être punie.

— C'est vrai que tu as fait un péché, maman, que tu n'as pas suivi la voie juste. Mais tu n'es pas méchante. Le Bon Dieu le sait. Il est capable de te pardonner.

— Je ne sais pas si le Bon Dieu sera capable de me pardonner...

— Moi, je suis certaine que oui.

Alors, maman, pour la première fois, a mis mes deux mains sur sa joue, puis les a embrassées.

— Oh, ma Peggy, si tu savais comme je regrette... comme je regrette... maintenant, tu ne seras plus jamais avec moi... Je ne te verrai plus jamais te bercer sur ta chaise berçante... à ta place...

— Ma place, c'est là où le Bon Dieu veut que je sois... et ma place est ici maintenant. C'est ce que le Bon Dieu veut. Je suis exactement à ma place... là où le Bon Dieu veut que je sois.

Je voyais que maman ne semblait pas se consoler. Alors j'ai ajouté :

— Je serai aussi avec toi, ma maman chérie. Je suis avec toi... pour toujours.

Maman a jeté encore quelques larmes. Elle a pris un mouchoir dans sa sacoche et s'est essuyé les yeux. Elle a remis le mouchoir dans sa sacoche et s'est levée. Je me suis levée aussi. Elle m'a de

174

nouveau serrée très fort dans ses bras. Moi j'ai fait de même en lui tapotant le dos des deux mains. Elle m'a regardée de ses beaux yeux lavés par les larmes. Puis, elle est repartie cogner à la porte. Le gros homme en blanc lui a ouvert. Elle s'est tournée vers moi, m'a fait un petit signe avec la main en me disant seulement avec les lèvres : « Je t'aime », et elle est sortie. Le gros homme a refermé la porte derrière lui.

Moi, je me suis retournée et j'ai regardé dehors. J'ai vu un petit oiseau picorant sur le cadre de la fenêtre grillagée. À un moment, il a levé la tête et il s'est envolé vers le ciel.

www.ingramcontent.com/pod-product-compliance
Lightning Source LLC
Chambersburg PA
CBHW072125170626
46813CB00004B/1697